박정희 자전 에세이

푸른집 이야기

글 • 박정희

“

오늘도 너무나 힘이 들어 그냥 주저앉아 울고 싶은
장애 자녀를 돌보는 모든 어머님들과,
사랑하는 나의 어머님께 이 책을 바친다

”

추천사

모성애의 여정

이 건 영(시조시인)

제가 특수교육 전문가이며 도예가인 다해(多海) 박정희 교장선생님과 인연을 맺은 것은 2006년 여름, 교감자격연수 동기생으로 함께 연수 교육을 받으면서부터입니다. 돌아보니 벌써 10년의 세월이 흘러 새삼 세월의 무상함을 느끼게 합니다.

연수가 끝나고 이듬해 교감으로 승진 발령을 받은 여름방학 때였습니다. 당일 일정으로 진행된 교감단 연수가 있었는데, 박 교장선생님은 지적장애 1급 장애아인 아들 석이를 데리고 와서 우리에게 당신의 아들이라고 당당히 소개했고, 그때 비로소 저를 비롯한 몇몇 연수 동기들은 박 교장선생님을 다시 보게 되었습니다.

그 후 박 교장선생님은 남들은 쉬쉬하며 숨기고 싶어 하는 자기의 가족사를 학부모를 상대로 한 대중 강연은 물론 텔레비전 방송에 출연해서도 솔직하게 털어 놓았습니다. 그리고 그러한 역경 속에서도 멈추거나 굴하지 않고 특수교육 전문가로서, 또는 도예가로서, 1급 장애아를 둔 엄마로서 자기의 길을 꿋꿋하게 지켜가고 있습니다.

몸집이 커지고 나이가 들어도 서너 살의 지능밖에 안 되는, 아무리 노력해도 현대 의학으로는 고칠 수가 없는 장애인 아들을 키우는 엄마로서, 교직자로서, 간병인으로서, 1인 3역, 혹은 4, 5역을 하면서도 대학원에 진학하여 주경야독으로 특수교육 전문가가 되었고 도예가가 된 박정희 교장선생님! 그 열정적인 의지와 실천력에 우리는 감탄의 박수를 보내지 않을 수 없습니다.

하느님께서는 세상 사람들의 고통을 다 어루만져 줄 수가 없어서 우리 곁에 '어머니' 를 보내주셨다는 말씀이 있는데, 이는 박 교장선생님과 아들 석이를 두고 하는 말씀이 아닐까 합니다.

박 교장선생님은 그렇게 어려운 환경과 시간을 감내하면서도 여러 차례 장애아 교육에 대한 강연을 펼쳐 장애 인식 개선에 앞장섰으며, 두 차례의 도예전을 열어, 무슨 일을 할 때 망설이거나 작심삼일(作心三日)하기 일쑤인 우리들에게 선구자로서 귀감이 되고 있음은 주지의 사실입니다.

첫 도예전 '물 담은 하늘' 이 물소리 바람소리를 땀의 열정으로 빚어 기다림의 흔적 위에 옹기종기 사연을 풀고, 옹달샘의 정화수를 길어 기도하는 순수 모정의 표현이었다면, 두 번째 도예전은 땡볕의 사막에서 갈증을 참아내며 의지로 단심의 꽃을 피우고, 활짝 웃는 선인장을 독창적으로 빚어냄으로써 간난(艱難)의 세월 동안 극한의 삶을 헤쳐 온 불굴의 모성과 그 희망을 노래했다고 생각합니다.

이제 박 교장선생님이 정년퇴임에 즈음하여 그간 겪어낸 가정 및 교직 생활과 기타 당신이 경험한 여러 생활들을 진솔하게 고백한 글들을 모아 『푸른집 이야기』를 발간하게 되었습니다. 저는 박 교장 선생님이 가감 없이 도란도란 들려주는 이 이야기들이 장애인 자녀나 가족을 둔 분들에게는 따뜻한 위로와 격려가 되고, 비장애인에게는 장애인과 그 가족을 이해하고 장애인에 대한 인식을 개선하는 계기가 되리라 믿고 꼭 그렇게 되기를 기원합니다.

한편 오늘의 박정희 교장선생님이 있도록 혼신을 다해 외손자 석이를 함께 돌보아 주신, 모친 김정분 여사님의 무상의 희생과 헌신에 감사와 찬사를 드리지 않을 수 없습니다.

끝으로 이 책 『푸른집 이야기』는 '꿋꿋한 의지와 열정의 실천이요, 끝없이 포근한 모성애의 여정'이라고 자리매김하면서 미지의 독자들께 감히 일독을 권하는 바입니다.

2016. 초여름 날에 봉명재에서

『푸른집 이야기』를 펴내며

나는 어렸을 때부터 글쓰기에는 소질이 없다고 생각했다.
그러니 당연히 글짓기로 어떤 상도 타본 적이 없다.

그러한 내가 언제부터인가 자꾸 끄적거리고 있었다.
가슴이 먹먹하고 마음이 차갑게 시려올 때,
마음에 먹은 결의를 더 단단하게 조이려고 할 때,
즐겁고 벅찬 마음을 어떤 식으로든 표현하고 싶을 때,
누구에게 보여주려는 것이 아니라
내가 나에게 한 독백을 끄적거리고 있었다.

이 끄적거림으로
나에게 닥친 현실을 객관화할 수 있었고,
이 끄적거림은
산으로 가야 할지 바다로 가야 할지 헤맬 때
갈 곳을 정해주는 이정표가 되었다.

까마득히 멀어서 올 것 같지 않았던
정년이 지금 코앞에 와 있다.
내 평생을 걸었던 교직 생활의
마지막 커튼을 내려야 할 시점이다.

내놓기 미숙하고 부끄러운 글들이다.
그러나 내 지난 삶의 족적을 돌아보고
남은 삶을 더욱 잘 살겠다는 다짐의 뜻으로
용기를 내어 지난날의 단상들을 묶어보기로 했다.

푸른집은 초라한 시골집에 불과하다.
그러나 푸른집은 나를 지켜준 거대한 성채이다.
푸른집은 내 아들 석이이기도 하다.
나는 석이를 지키기 위해
이 성채에서 안간힘을 쓰며 살아왔다.

성채를 지키기는 정말로 힘들었다.
그러나 이 힘듦은 희망으로 보상되었다.
석이로 인해 더 열심히 살았고
외롭지도 쓸쓸하지도 않았다.

오늘도 너무나 힘이 들어
그냥 주저앉아 넋 놓아 울고 싶은,
장애 자녀를 돌보는 모든 어머니들에게
이 책을 바치고 싶다.
그분들에게 아픔은 삶의 향기를 더 진하게
만들어준다고 위로해 드리고 싶다.
비가 오고 바람이 불어도 꽃은 피어난다고
말씀드리고 싶다.
꿈속에서라도 감사드려야 할 분이 내 어머니시다.
석이를 마다하지 않고 돌보아 주시고
내가 하는 일을 무조건 지지해 주신 어머니 덕분에
지금까지 나를 지탱해 올 수 있었다.
사랑하는 어머니에게 이 책을 바친다.

보잘것없는 글들을 책으로 엮을 수 있도록
용기를 주시고 도움을 주신 김학민님과 도자기 사진을
찍어주신 정필원 사진작가님께 감사의 인사를 드린다.

2016년 5월

박 정 희

푸른집 이야기

CONTENTS

푸른집 이야기

프롤로그

무더운 한낮이 지나고 선선한 바람이 부는 날 오후
오랜만에 피아노 앞에 앉아 낡은 악보들을 뒤적였다.

'동그라미 그리려다 무심코 그린 얼굴 /
무지개 따라 올라갔던 하얀 그 때 꿈은'

더듬더듬 피아노를 치며 노래를 부르고 있는데
누군가 창문을 두드린다.
길 건너에 사는 아주머니 한 분이 상추를 한 움큼 주면서
밭에서 깨끗하게 기른 것이니 먹어보라 하신다.
나는 우리 집 닭이 낳은 유정란 몇 알을 담아드렸다.

전에는 이웃이 방문하는 일이 극히 드물었는데
집을 고친 후에는 이웃의 발걸음도 잦아졌다.
담도 대문도 낮아져서 집 안이 훤히 들여다보이니

모르는 사람도 지나가다가 우리 집을 들여다보고는
"꽃이 참 예뻐요" 하면서 인사를 건넨다.

담은 높았고 철대문은 늘 닫혀 있었고
내 마음에도 빗장이 걸려 있었다.
이제 담이 무너지고 철문이 떼어지고
나지막한 담과 얼기설기 나무대문으로 바뀌니
저 멀리 계룡산의 정기가 우리 집으로 밀려온다.

왜 진작 문을 열고 살지 못했을까?
문을 열기가 그렇게 어려웠을까?
푸른집 대문이 열리기까지 27년의 세월을
나는 무엇을 하며 어떻게 살아왔는가?
푸른집 철대문 안에서는 무슨 일이 있었을까?
숨 가쁘게 살아온 지난날을 더듬어 본다.

푸른집
이야기

그리움의 저편

푸른집
이야기

아버지

아버지의 고향은 북쪽 땅 평양 기림리이다. 아버지는 평양에서 보통학교를 졸업하고 기계제작하는 일을 하셨다. 6.25전쟁이 일어나고 1.4후퇴 때 아버지는 국군을 따라 기차 지붕 위에 올라타고 월남하셨다고 한다.

어머니의 고향은 경상북도 의성군의 심심산골이다. 어머니는 학교가 너무 멀어 초등학교도 못 나오셨다. 성장하여 서울에 올라와 공장에 다니다가 6.25전쟁이 일어나는 바람에 서울을 떠나 고향으로 내려가는 길의 피난민 대열에서 아버지를 만났다고 한다.

아버지와 어머니는 대전 피난민수용소에서 결혼생활을 시작하셨는데, 1954년에 맏딸인 내가 태어났다. 피난민 시절 가진 재산도, 살만한 터전도 없었지만, 아버지는 기술이 좋아서 망가진 농기구를 고쳐주거나 굴러다니는 철모를 주워 잘라 호미를 만들어 파는 등으로 생활하셨다고 한다.

아버지는 궁핍했던 그 시절에도 사진을 좋아하여 여러 가지 카메라 장비들을 가지고 있었고, 집에서 직접 인화도 하셨다. 아버지는 카메라를 가까이 두고 있다가 수시로 사진을 찍어주셔서 내 어린 시절을 엿볼 수 있는 귀한 사진들을 많이 남겨놓으셨다. 어렸을 적에는 집안에 여기저기 사진이 굴러다녀도 귀한 줄 몰랐는데, 세월이 지나고 보니 이 사진들이 돈으로도 살 수 없는 소중한 보물이었음을 알게 되었다.

1954년 4월에 태어났으니까 내 돌 사진은 1955년 4월에 찍은 것이리라. 6.25전쟁이 끝난 직후이고, 아버지가 월남한 피난민이라 어렵게 생활하던 시절인데도 돌상을 크게 차려주신 것 같다. 백설기, 수수팥떡, 인절미, 사과, 국수가 차려져 있고, 앞쪽에는 성경책이 있다. 몸에는 실타래를 두르고 있고, 손에는 연필을 쥐고 있어, 공부 잘하고 장수하라는 뜻이 담겨 있는 사진이다.

1,2년 사이에 우리 집 살림살이가 나아졌는지 아버지의 자전거도 생겼고, 아버지와 내가 옷을 깔끔하게 입고 있다. 아버지는 나를 자전거에 태우고 다니기를 좋아해서 어디를 가거나 나를 태우고 가셨다. 사진 뒤편의 허름한 판잣집이 피난민수용소라고 한다. 그때는 쌀밥은 아예 구경도 할 수 없고 하루에 밥은 한 끼만 들고, 점심에는 밀기울 빵을 먹었다고 한다. 아버지는 그것도 너무 맛있어서 나중에 잘 살게 되어도 꼭 밀기울 빵을 해먹자고 하셨다고 한다. 그

러나 살기가 좀 나아지면서 더 이상 밀기울 빵을 만들지는 않은 것 같다. 내 어렸을 때 밀기울 빵을 먹은 기억이 없으니 말이다.

아버지는 휴일이면 카메라를 둘러메고 교외로 나가자고 하셨다. 삼각대 위에 카메라를 올려 타이머를 맞추어 놓고 얼른 뛰어와 내 옆에 앉으시면 '찌르르' 소리가 나고, 조금 있다가 타이머가 끝나면서 '찰칵' 하고 사진이 찍혔다. 아버지와 다정하게 찍었던 그날의 흑백사진은 사진이 아니라 사랑이고 그리움이다.

푸른집
이야기

흑백사진

요즘 어린아이가 있는 집은 장난감이 방안에 가득하지만, 내가 어렸을 때 장난감이라고는 집에서 천 조각을 바느질 해 만든 인형밖에 없었다.

언제나 놀이 장소는 마당이고 놀이 도구는 흙이었다. 흙을 파서 소꿉놀이를 하거나 작은 돌멩이를 주워 공기놀이도 하고, 마당에 금 그어놓고 땅따먹기놀이하며 놀았다. 아버지는 언제 찍었는지도 모르게 내가 놀고 있는 모습을 사진으로 남겨 주셨다. 이 사진들은 내 어린 시절의 소중한 흔적이다.

요즘에는 무엇인가 묶을 때 비닐 끈을 사용하지만, 옛날에는 새끼줄을 썼기 때문에 집에 동그랗게 말린 새끼줄이 필수품으로 있었다. 그 새끼줄을 잘라서 줄넘기를 하고 있는 모습을 보니, 옛날에 우리가 저렇게 살았던 적이 있었는지 새삼스럽다.

해져 못 입게 된 옷들의 실을 풀어 이 실 저 실 합쳐 어머니가 뜨개질해 입힌 옷이 상의이고, 어른 옷을 집에서 대충 줄여 고무줄 넣어 만든 '몸빼' 스타일의 헐렁한 바지가 하의다. 1958년경으로 보이는데 그래도 신발은 어른 것이 아닌 발에 맞는 코고무신이니, 걷고 노는 데는 지장이 없었을 것 같다.

요즘 아이들에게 자치기놀이를 아느냐고 물어보면 대부분 모른다고 한다. 전통놀이를 체험하는 곳에서 해봤다고 하는 아이가 간혹 있을 뿐이다. 나는 자치기놀이가 너무 재미있어서 동생과 자주 자치기놀이를 하며 놀았다. 긴 막대기로 짧은 막대기를 쳐서 멀리 보내놓고 누가 더 멀리 보냈는지 막대기를 가지고 한 자 두 자 재어보던 놀이이다.

자치기 하는 사진 뒤쪽에는 요즘 보기 힘든 풍구가 보이는데, 풍구는 바람을 일으키는 도구로, 아궁이에 불을 피울 적에 돌려 바람을 일으키는, 집에 없어서는 안 될 물건이었다.

조금 커서는 고무줄놀이를 하며 놀았는데, 친구가 하나 모자라 고무줄 한쪽 끝은 나무 기둥에 매어놓고 두 명이 코너에 서서 삼각형을 만들고 한 아이는 들어가서 삼각형으로 된 고무줄을 번갈아 뛰

면서 놀았다.

당시 유행하던 여러 가지 동요를 부르면서 뛰면서 하는 고무줄 놀이는 노래도 하고 운동도 하는 참 유익한 놀이였던 것 같다. 그때는 고무줄도 귀한 시절이라 토막토막 잘라진 고무줄을 이어서 썼기 때문에 고무줄을 많이 가지고 있는 친구가 제일 부러웠다.

저 골목길 돌아서 가면
아이들 옹기종기 모여 앉아
구슬치기 하고 있을까?
저 골목길 돌아서 가면
김치 담그시던 어머니
거친 손 내밀며 반겨 주실까?
저 골목길 돌아서 가면
사진 정리하던 아버지
카메라 들고 나와 또 사진 찍자 하실까?
저 골목길 돌아서 가면
시집 건네주던 키 큰 남학생
담장 옆에 서 있을까?
저 골목길 돌아서 가면
고무신 신은 얼굴 동그란 여자아이
봉숭아 꽃잎 따고 있을까?

푸른집
이야기

꽃

옛날 사진 중에는 간혹 아버지가 날짜를 기록해 놓은 것도 있다. '단기 4291년 6월 10일' 이라는 쓰여 있는 걸 보니, 1958년, 내가

다섯 살 때일 것이다. 대충 옷을 입었고, 머리는 부스스하고, 속바지는 흘러내린 것이 꼭 자다 일어난 모습이다.

내가 어렸을 때 살던 집은 울안이 꽤 넓어 어린 나로서는 대문에서 집까지 한참을 걸어 들어갔던 것 같은 기억이 난다. 마당 옆에는 꽃밭과 채소밭이 있었고, 여름이면 늘 배추나 상추, 옥수수 같은 채소가 자라고 있었다.

어머니는 내가 어렸을 때부터 꽃 이름을 무척 잘 알고 있었다고 말씀하시는 것으로 보아 나는 어렸을 때부터 꽃을 좋아했던 것 같다. 이웃집에 놀러갔다가 우리 집에 없는 꽃이 있으면 한 포기라도 꼭 얻어다 심었던 기억이 난다.

꽃을 좋아하는 마음은 내가 어른이 되어서도, 또 할머니가 된 지금도 그대로이다. 그렇게 세월이 흘렀지만 꽃을 통해서 보는 이 세상은 여전히 아름답다고 생각한다.

푸른집
이야기

기억

언제이던가, 상담 관련 연수를 받을 때 강사 선생님이 최초의 기억을 떠올려보라고 했다. 곰곰이 생각해보니 나의 어릴 적 최초의 기억은 아마 네 살쯤이었던 것 같다. 좁은 밭두렁 길을 아버지 뒤를 따라가고 있었는데, 길 양쪽 밭에 노란 유채꽃이 가득 피어 있었던

것이 선명하게 떠오른다.

또 초등학교 1학년 책에 〈개나리〉라는 동시가 나오고, 밑그림으로 개나리꽃 담장 아래 어미 닭과 노란 병아리가 개나리꽃을 입에 물고 종종 걸어가는 그림이 무척 사랑스럽게 느껴졌었다.

최초의 기억이 그 사람의 인생관이나 삶과 밀접한 관계가 있다고 하는데, 그렇다면 나는 어릴 적부터 자연을 좋아하는 목가적인 성격을 지니고 있었던 것 같다.

중학교 때 음악시간에 '오 내 집 가련다 / 들소들 노닐고 노루 사슴 뛰노는 그곳 / 걱정 근심 없고 구름 없는 하늘 / 그곳에 집짓고 살리라' 는 〈언덕 위의 집〉 노래를 배운 후에는, 나중에 내가 살고 싶은 집을 상상하면서 도화지에 장미넝쿨이 우거진 언덕 위의 집을 그려보곤 하였다.

사람들은 살면서 큰일이 생기면 운명이라고 말하는데, 내가 푸른집에 살게 된 것도 운명이었을까?

어머니

어머니는 어려서부터 시골에서 집안일을 도우며 자랐고, 초등학교도 못 나왔지만 자녀교육에 대해서만은 열정이 너무나 크셨다. 지금도 그 어려운 시절 어머니가 우리 형제들에게 쏟은 교육열을 되돌아보면 참 대단한 분이라는 생각이 든다.

내가 장녀이고 동생이 셋이나 있어, 우리 집 형편은 겨우 생활을 꾸려갈 정도의 살림이었다. 어머니는 내가 초등학교 3학년 때 나의 손을 이끌고 피아노 레슨을 하는 선생님께 데려가 피아노를 배우게 해 주셨다. 그 당시 우리 반에서 피아노를 배우는 아이는 나 혼자 뿐이었다.

나는 고등학생이 될 때까지 여러 해 동안 피아노를 배웠다. 피아노 선생님이 피아노를 전공하면 어떻겠냐고 권하기도 하였지만, 공부한다고 그만두었다. 그동안 연습하지 않아 모두 잊어버렸지만 지금도 찬송가나 〈목련화〉 등 가곡 몇 곡은 반주할 수 있고, 피아노 명곡 몇 곡도 외워 칠 정도는 된다.

고등학교 때는 그림을 배웠다. 홍익대 미대 다니는 이웃집 언니가 방학으로 대전에 내려올 때마다 그 언니에게 가서 그림을 배웠고, 대학교에 들어가서는 본격적으로 화실에 다니면서 유화를 배우기도 했다.

지금까지 살아오면서 힘들거나 절망감이 들 때 그럭저럭 견디어낼 수 있었던 것은 아마 음악을 듣거나 그림을 그리거나 하면서 마음을 다스릴 수 있는 힘을 길렀기 때문이 아닌가 싶다.

지금 더듬더듬 치는 수준인 쇼팽의 〈즉흥환상곡〉을 언젠가는 완성해서 멋지게 쳐봐야겠다는 생각과, 언제든 시간만 허락되면 그려보겠다고 마련해 놓은 유화 물감과 캔버스가 곁에 준비되어 있는 한 어떤 슬픔이나 외로움도 참아낼 수 있을 것 같다.

푸른집
이야기

대학 1학년

누가 지나온 시절 중 어느 때로 돌아가고 싶으냐고 묻는다면, 대학교 1학년 시절이라고 말하고 싶다. 희망과 설렘 속에 모든 것이 가능성으로만 존재하던 시절, 그 때로 되돌려 질 수만 있다면 마냥 순진하고 어리숙한 철부지가 아닌, 내 잇속도 차리는 영리한 학생이 되어 앞뒤를 재고 첫 단추부터 제대로 꿰어 보련만.

대학 1학년 때 어느 교수님께서 학생들에게 졸업 후 장래 희망에 대해 돌아가면서 말해보라고 하셨다. 다른 친구들은 학과의 특성에 맞게 '목회자가 되겠다', '선교사가 되겠다', '사회사업을 하겠다'는 등 각자 자기의 포부를 밝혔다. 그러나 미래에 대해 별다른 생각을 하지 못하고 있었던 나는 얼떨결에 '현모양처' 라고 대답하고 말았다.

우리 과는 대부분이 남학생이었으므로 나의 변변치 못한 답변에 큰 박수를 보내주었다. 그때 막연히 나는 현모양처가 될 충분한 자질이 있다고 생각했었다. 아, 그때가 그립다. 그 친구들이 그립다.

내가 테니스를 잘 치지 못해 공을 이리저리 내쳐도 오히려 즐거운 양 공을 받아주며 열심히 가르쳐주었던 L, 시험 때면 깨알같이 필기한 본인의 노트를 참고하라며 빌려주었던 K, 너무나도 좋은 친구들과 학창시절을 같이 한 것만 해도 행복한 일이다.

세상의 모든 것이 아름답게만 보였고, 모두가 내 마음 같은 줄 알았던 대학교 1학년 시절이 꿈같이 흘러갔지만, 나는 지금도 믿고 있다. 거짓보다는 진실이 이기고, 억지로 꾸민 것보다는 순수함이 강하고, 세련된 것보다는 투박함이 더 매력이 있다고, 그래서 그 시절 그 마음을 지금도 지니고 살고 싶다고.

라일락 한 그루를 대문 옆에 심었는데
대문 높이를 훌쩍 넘은 가지마다 꽃이 피었다.
꽃가지를 잡아당겨 코끝에 대어본다.

진한 향기가 가슴으로 머리로 퍼지는 동안
잠시 눈을 감는다.
꽃향기는 타임머신처럼
나를 과거 속으로 보내준다.
대학교 1학년 시절 내가 살았던 여학생기숙사
기숙사 문을 잠그는 밤 열시
헐레벌떡 문을 들어서면
기숙사 앞마당에 가득한 라일락 향기가
아쉬운 마음을 달래준다.

사람은 향기를 강하게 기억한다는데
해마다 라일락꽃 필 때면
아름답던 그 날들이 그리워
지금의 꽃향기가 지난날의 향기인양
가슴속 깊이 들이켜
맘껏 취해본다.

푸른집
이야기

신학

가끔 사람들이 왜 '신학과에 갔느냐' 고 물을 때가 있다. 내가 왜 신학과에 들어갔는지 곰곰이 생각해보면, 어머니께서 신앙인이시고, 모태신앙을 이어받아 주일학교부터 열심히 교회에 다녔으나 목회자가 되려고 신학과에 간 것은 아니었다. 신학이라는 학문을 배움으로써 바른 신앙의 길을 찾고 성숙한 신앙인이 되고 싶은 마음이 컸다.

막상 대학교에서 신학을 공부해 보니 신학을 왜 '학문의 여왕' 이라 말하는지 알 것 같았다. 신학은 역사, 철학, 심리학, 사회학 등 모든 학문을 같이 알아야 하고, 또 영어도 잘해야 하고, 논리적인 분석력도 있어야 했다. 그러나 그보다 더 중요한 것은 성서를 올바로 이해하고 받아들이는 것이고, 신앙이 바탕이 되어 십자가의 의미를 바로 알아야 하는 것이었다.

신부님께 라틴어를 배울 때 깊이 있는 유머가 많아서 라틴어 공부에 푹 빠지기도 했지만, 어떤 때는 신학서적 한 권을 놓고 도서관에 몇 시간을 앉아 있어도 문장 한 줄을 이해하기가 어려웠다.

교수님께서 학교는 모판과도 같고 학생은 모판의 모라고 하면서, 학교를 졸업하면 모판에서 나가 사회라는 논에 심겨져 뿌리를 내리고 살아야 한다고 하셨다. 학교는 어린 새가 자라는 둥지와 같은 곳이고, 때가 되면 날갯짓을 하여 세상으로 나가 스스로 먹이를 찾아 먹고 살아야 한다는 말씀이시다.

대학원에서 기독교교육학을 전공하여 겨우 논문을 쓰고 대학원을 졸업하면서 책상에서 머리로 진리를 이해하는 것보다 세상에 나가 몸을 부딪치며 살면서 진리를 터득하는 길을 가기로 했다. 그러나 세상을 살아보고 경험을 통해 진리를 깨닫겠다는 것이 얼마나 많은 대가를 치러야 하는지는 생각하지 못했다.

그 섬에 갔던 적이 언제였던가.
대학교 때 봉사활동 갔던
전라북도 옥구군 고군산열도 선유도.
서울에서 밤새 야간열차 타고 내려가
군산에 내려 다시 통통배 타고 두 시간 넘게 갔던 선유도.
너무 아름다워 선녀들이 놀고 갔대서 선유도.
지금은 해수욕장으로 개발되었지만
그 때는 몇 십 가구 사는 한적하고 아름다운 섬.
바다가 보이는 언덕에 있는 조그만 초등학교

교실 한 칸 빌려 짐 풀고 밥해 먹고 잠자고 했었지
이름조차 기억이 안 나지만 반찬 가져다주고
내가 밥 당번일 때 도와주던 까무잡잡한 섬 아가씨
지금도 그 섬에서 살고 있을까?
부둣가에 매어놓은 배 위에 불 밝혀 놓고
섬사람들과 한바탕 노래자랑 벌였던 환상적인 그 밤
마지막 날 태풍으로 며칠 더 묵은 것도 즐겁기만 했지.
그 섬을 떠나면서 꼭 다시 찾으리라 생각했는데
몇 십 년이 지나도록 그리워만 한다.

푸른집 이야기

보따리

운동을 좋아하여 늘 건강하셨던 아버지가 뇌경색으로 몸이 점점 불편해지셔서 걱정이었다. 말씀도 어눌하게 하고 걷기가 불편한데다가 치매도 심해지셨다.

아버지 머리맡에는 꼭꼭 싸 놓은 조그만 보따리가 하나 있다. 틈만 있으면 아버지는 그 보따리를 들고 밖으로 나가려 한다. 어머니는 아버지를 못 나가게 붙드느라 실랑이를 하고. 아버지는 가끔 그 보따리를 풀었다 쌌다 하였기 때문에 그 안에 무엇이 들어있는지 보았는데, 손전등과 건전지, 그리고 테이프 몇 개뿐이다.

손전등과 테이프가 아버지에게 왜 그렇게 소중한 것일까? 생각해보니 아버지가 어렸을 때는 전기불이 없어 깜깜하고 불편한 밤을 지내셨을 테고, 건전지를 넣은 손전등 하나만 있으면 어둠을 환하게 밝혀주니 무척이나 소중한 물건이었을 것 같다.

또 찢어진 것을 붙이는데 테이프만큼 좋은 것이 없으니, 이 신기한 물건을 가지고 어릴 때 살던 북쪽 고향에 가고 싶으셨을 것이라

추측해 본다. 나는 마음속으로 아버지가 제발 건강해지셔서 그렇게도 소원하던 평양에 꼭 가셨으면 하고 빌었다.

2005년 설날은 슬픈 날이었다. 아버지의 병환이 심해져 설날아침에 급히 119를 불러 병원에 입원시켰다. 금방 돌아가시지는 않을 것 같지만, 치매도 있고 폐렴도 심해 장기입원에 들어갔다.

이럴 줄 알았으면 답답해하실 때 바람 좀 자주 쐬어 드릴 걸, 휠체어라도 태워 바깥으로 자주 나올 걸, 병원에 계시니 아무것도 해 드릴 게 없는 것이 마음 아팠다.

자고 나면 똑같은 날들이 또 오고, 오늘 못한 일 내일 하고 그러면 될 줄 알았는데, 부모님에 대한 것은 그것이 아니구나. 지나간 시간을 되돌릴 수 없듯이 건강을 잃고 병상에 누워 계시는 아버지가 다시는 집으로 돌아오지 못할 것 같아 더욱 슬펐다.

아버지가 2006년 2월 17일(음) 84세를 일기로 세상을 떠나셨다. 여러 해 동안 지병으로 고생하셨는데, 이 세상 고초 다 끝내고 하늘나라에서 영원한 안식을 누리신다. 6.25 때 남쪽으로 피난 나와 다시 고향에 가보지 못하고 떠나신 것이 안타깝다.

지금은 영혼이라도 새처럼 훨훨 날아 북녘 고향에 가셨겠지. 그리움을 노래로 대신하던 한 많은 대동강도 보고 을밀대에도 가셨겠지. 아버지는 떠나가셨지만 그 다정한 모습은 빛바랜 사진과 함께 영원히 내 마음속에서 떠나지 않는다.

2007년 2월 아버지의 1주기를 맞아 공주 공산성에 다녀왔다. 아버지는 공산성이 평양의 모란봉과 많이 비슷하다고 하면서 고향이 그리울 때면 그곳을 자주 찾으셨다.

어렸을 때부터 나는 아버지가 '한 많은 대동강아 변함없이 잘 있느냐' 라는 노래를 부르면서 눈시울을 붉히는 것을 자주 보아왔다. 서울과 평양에서 이산가족 상봉 방송을 하는 날에는 하루 종일 TV 앞에 앉아 망부석이 되어, 당신의 고향 평양 기림리의 풍경이 조금이라도 나올까 뚫어지게 보고 계셨다.

치매에 걸린 후에는 종이에다 알아볼 수 없는 그림을 그리고는, "여기가 평양의 내가 살던 집이고 여기가 뒤뜰이다" 라고 하며 자꾸자꾸 그림을 그리셨다. 인생은 그리움을 가슴에 담아두고 사는 것인가 보다.

나는 아버지가 "안 된다. 그것 하지마라" 고 하면 무슨 일이든 금방 단념했다. 아버지는 나의 그런 점이 마음에 든다고 했는데, 아버지 말씀을 잘 들어서 그런 것인지, 아니면 환경에 잘 순응하고 따르는 것이 이 세상을 잘 살아가는 처세술이라고 생각해서 그랬는지는 모르겠다.

푸른집
이야기

소용돌이

푸른집
이야기

결혼

취업이 잘된다는 어느 대학의 인기학과에 다니는, 남 앞에 나서기 좋아하는 사람과 사귀게 되었다. 그런데 그가 어떤 사람인지를 채 알기도 전에 결혼 약속까지 하게 되었다. 청첩장 돌리고 결혼식 1주일 전에 우연히 그가 또 다른 여자와 깊이 사귀고 있었다는 사실을 알게 되었다.

그는 나와의 결혼을 앞두고도 그 여자와 계속 만나고 있었다. 당연히 파혼을 선언했지만, 그는 사정사정하며 자기를 믿어 달라고 매달렸다. 마음이 약했던 나는 집안 어른들께 파혼해야겠다는 말을 할 자신도 없었고, '내가 참고 잘하면 잘 되겠지'라는 실낱같은 가능성을 가지고 결혼식을 올렸다.

신혼 초에는 시장에 생활용품을 사러 같이 다니고, 그의 퇴근시간에 맞추어 회사 통근버스가 서는 정류장까지 마중 나가 기다렸다가 같이 들어오기도 하고, 그가 모는 자전거 뒤에 타고 벚꽃 만발한 강변도로를 달리기도 하면서 결혼 전의 좋지 않았던 기억은 차츰 잊고 나름대로 행복한 시간을 보냈다.

그런 어느 날 남편은 회사에 나간 지 1년도 안 되는데, 사표를 내고 왔다. 아내와 상의도 없이 무턱대고 사표를 던지고 온 사람이 한심하기도 했지만, 그럴 만한 이유가 있겠지 하고 참으려 했다.

남편은 다른 직장을 알아보았지만, 신입사원을 뽑는 시기가 지났기 때문에 그냥 몇 달을 놀았다. 그런 후 가까스로 직장을 구했는데 근무지가 경북 구미라고 한다. 서울에서는 직장 구하기가 쉽지 않았고, 허름한 단칸방에 살고 있는데 구미에 가면 사원아파트를 준다기에 구미로 내려가기로 결정했다.

당시 나는 서울의 한 사립중학교에 시간강사로 나가고 있었는데, 마침 그 학교에 자리가 생겨 정교사로 채용될 기회가 왔다. 그러나 남편이 구미로 직장을 옮기는 바람에 아쉽게 정교사 기회를 포기하고 서울을 떠나게 된 것이다.

아는 사람 하나 없는, 공장만이 가득한 구미공단으로 이사하여 15평 사원아파트에 살면서 할 일 없이 몇 달을 무료하게 지냈다. 그러다가 친정집에서 내가 쓰던 피아노를 가지고 와 아파트 아이들에게 피아노 교습을 하며 지냈다.

구미에 내려와 그 해 10월에 첫째 아이인 딸을 낳았다. 딸은 아무 탈 없이 무럭무럭 예쁘게 자라주어 아이 키우는 것이 힘 드는지를 느끼지 못했다. 딸아이는 말도 빨리 배우고, 두 돌도 안 되었을 때 벌써 간단한 한글을 읽어서 영특하다는 칭찬을 듣곤 했다.

서울에 있다가 구미에서 살아보니 처음에는 커보이던 15평 사원아파트가 시간이 갈수록 답답해졌다. 큰 길로 지나가는 시외버스를 보면 나도 그 버스를 타고 어디론가 떠나고 싶은 충동을 느끼기도 했다.

푸른집
이야기

순위고사

아파트 아이들에게 피아노를 가르치는 것도 내가 피아노를 전공하지 않았기 때문에 한계가 있어 다른 궁리를 했다. 딸아이를 봐 가면서 틈틈이 공부하여 경상북도 교사 채용 순위고사를 보았는데, 내가 비사범계에서 1등으로 합격하였다.

당시는 사범대학을 나온 사람은 먼저 발령을 내 주고 비사범계 출신은 나중에 자리가 비는 대로 발령을 내주는 시절이었다. 나는 순위고사에 합격했지만 언제 발령이 날지 몰라 아이 키우며 마냥 기다리고 있었다.

순위고사에 합격을 하고 몇 달이 지난 어느 날, 경상북도교육청에서 포항 근처 어느 고등학교에 자리가 났으니 가야 된다고 연락이 왔다. 갑자기 전화를 받고 보니 어린 딸을 어찌하며, 집을 떠나 나 혼자 객지로 가야하는 것이 당황스러웠다.

지금 같으면 있을 수 없는 일이지만, 갈지 안 갈지 생각할 시간을 1주일만 달라고 했더니 교육청에서 그러라고 했다. 1주일 동안

심각하게 고민하고 가족과 상의한 끝에 '가보자. 두 달이고 세 달이고 해보다가 힘들면 그때 그만두면 되지' 라고 생각하고 일단 학교에 가보기로 했다.

대전의 친정어머니에게 아이를 보내고, 남편은 구미에 혼자 남겨둔 채 시외버스를 타고 경상북도 포항 근처의 조그만 읍으로 떠났다. 물어물어 찾아간 학교는 시골냄새가 물씬 풍기는 남녀공학 고등학교였다. 학교에 가 인사한 후 읍내로 가서 자취할 방을 구했다.

그렇게 시작한 교사생활은 이후 나의 생계수단이 되었고, 학교는 평생직장이 되었다. 주말에는 대전에 갔다가 안 떨어지려고 우는 딸을 두고 올 때 눈물을 훔치며 모진 맘으로 돌아선 적이 한 두 번이 아니었다. 그러나 이제 그 어려운 세월도 지나 선생님으로 보람도 가지면서 정년까지 온 것이다.

주어진 일에 최선을 다하며 사는 것이 나의 인생 모토이다. 어떤 일은 계획대로 되기도 하지만, 생각하지도 않았던 일이 생겨 차질을 빚기도 한다. 미래의 일을 모두 안다면 아등바등 살지도 않을 것이고, 맘 졸이며 긴장하고 살지도 않을 것이다.

푸른집
이야기

여선생

나의 교직생활에서 첫 담임은 고등학교 2학년 남학생들이었다. 어떤 선생님이든 첫 담임을 맡으면 반 아이들이 전부 자기 자식처럼 느껴지고 애착이 간다.

3월 초에는 교실을 정비하고 환경정리를 한다. 학교에서는 깨끗하게 잘 꾸며진 학급에 대하여는 표창을 주었다. 담임을 맡고 교실을 둘러보니 벽에 낙서도 있었고, 앞뒤 환경게시판은 더럽고 찢겨져 있었다. 학생들과 의논하여 게시판의 바탕을 새로 붙인 다음 그 위에 환경게시물을 붙이기로 하였다.

방과 후에 그 작업을 하기는 시간이 많이 걸릴 것 같아 일요일에 학교에 나와 작업하기로 했다. 몇몇 학생들과 함께 종이를 자르고, 풀로 붙이고, 그림을 그리는 등 열심히 교실을 꾸미고 있었다. 옆 반은 학생들만 나와 환경정리를 하고 있었는데, 그 애들이 샘이 났나보다.

우리 반 교실에 와서 휙 둘러보고는 "여기 신방 꾸며요?"라고 한다. 지금 생각하면 남자 고등학생들이라 그런 유머 정도는 할 법도 한데 나는 그 순간 어찌나 무안한지 나도 모르게 얼굴이 빨개졌다. 내 학급, 내 학생들에 대한 애착심이 강한 첫 담임의 기억은 풋풋한 첫사랑의 마음 비슷했던 것 같다.

이 학교에는 40여 명의 선생님이 있었는데 여선생은 나와 또 한 분 둘 뿐이었다. 남학생 반에 들어가면 여선생님에 대한 호기심 때문인지 짓궂은 학생들이 많았다.

어느 날 수업을 진행할 수 없을 정도로 떠들고 말을 안 듣는 학생이 있어서 가느다란 싸리나무 같은 것으로 등을 여러 차례 때렸다. 그리고 난 후 얼마나 아팠을까 마음이 편하질 않았는데, 마침 집에 가는 길에 그 학생을 만나게 되었다. "아까 많이 아팠니?" "선생님, 등에 자국이 났어요" 하면서 씩 웃는다. 미안한 마음에 등을 만져주며, 역시 남학생은 여학생과 다르구나 하는 생각을 했다. 여학생 같으면 삐져서 눈도 안 마주치고 피해 갔을 텐데….

그 후에도 여전히 수업시간에 말을 잘 듣지 않고 떠드는 학생들이 많아 화를 내기도 하고 혼내기도 했지만 별 효과가 없었다. 당시 대학생이던 남동생에게 어떻게 하면 좋겠느냐고 물었더니 화를 내지 말고 사랑으로 대하라고 조언해 주었다.

그 다음부터는 학생들에게 화를 안내고 '나는 너희들을 사랑한다' 는 표정으로 미소를 띠며 부드럽게 이야기했다. 확실히 효과가 있었다. 학생들의 수업 태도가 훨씬 좋아졌고 나를 따르기 시작했다. 옷을 벗기는 것은 거센 바람이 아니라 햇볕이라는 것을 새삼 실감했다.

푸른집
이야기

약시 제자

윤리교사인 나는 학생들에게 지식을 전달하는 것도 중요하지만, 그들이 올바른 가치관을 가지고 인생을 아름답게 살아갈 수 있도록 가르치기 위해 노력했다.

1학년 여학생 중에서 키가 크면서도 창 쪽 제일 앞줄에 앉아 있는 J를 만나게 되었다. J는 렌즈가 매우 두꺼운 안경을 쓰고 있었는데도 시력이 너무 나빠 칠판 글씨도 거의 안 보이는 상태였다. J는 칠판 글씨는 볼 수 없었지만, 내가 하는 이야기를 열심히 귀 기울여 들었으며, 공책에 굵은 사인펜으로 몇 자 적곤 하였다.

J는 어렸을 때는 시력이 좋았는데 자라면서 시력이 점점 나빠지는 병에 걸렸다고 했다. 서울대병원에 가서 진단을 받았는데 특별한 치료 방법이 없다는 것이다. 당시 J의 눈은 점점 더 나빠지고 있는 상태였다.

나는 점심을 먹은 후 우울해 하는 J의 손을 잡고 학교 뒷산에 올라가 산책을 하면서 많은 이야기를 나누었다. J는 목소리가 고왔고 노래를 아주 잘해 나중에 성악가가 되고 싶다고 했다. 성악을 배우기 위해 음악학원에 찾아가 레슨을 받기를 원했으나, 악보를 볼 수 없기 때문에 성악을 배울 수가 없다고 한다.

J는 학교가 끝난 후 가끔 내 자취방에도 놀러왔는데, 으레 내가 피아노를 치고 J는 노래를 불렀다. 〈님이 오시는지〉, 〈그리운 금강산〉, 〈뱃노래〉 등 고등학교 음악교과서에 나오는 노래를 처음부터 끝까지 부르며 그와 즐거운 시간을 보냈다.

J가 고3이 되던 해, 나는 상주에 있는 다른 학교로 전근을 가게 되었고, J와 굵은 사인펜으로 쓴 편지를 몇 번 주고받다가 소식이 끊기게 되었다. J의 소식이 궁금했지만, 나도 바쁘고 삶에 지쳐 그의 후일담을 모르고 지냈는데, 25년이 지나 내가 대전에서 근무할 때 J에게서 연락이 왔다. 친구가 내가 근무하고 있는 학교의 전화번호를 알려줬다고 한다.

"선생님, 저 기억하세요?"

나는 단번에 전화기 너머의 주인공이 누구인지를 알아챘다.

"너 J구나! 알지! 내가 너를 얼마나 보고 싶었다고."

J는 완전 실명을 해서 맹아학교에 들어가 지압과 침술을 배워 현재 지압원을 경영하고 있으며, 나이는 44살인데 결혼은 아직 안 했다고 한다.

"그래, 참 잘 이겨냈구나. 장하다! 보고 싶다. 나도 할 말이 많이 있어."

나는 잘 기억이 안 나는데 J는 옛날 일을 시시콜콜 다 기억하는 것 같다. 내가 푸시킨의 시를 읊어준 적이 있었는데, J는 그 시를 항상 마음속에 담고 살아왔다고 한다.

지난 세월 J도 나처럼 절망감을 겪고 살았겠지. 그리고 세월이 가서 중년이 되고, 힘들었던 기억도 미래에 대한 희망도 무덤덤한 채 지나간 일을 그리워하며 살았겠지.

J가 대전에 오고 싶어 했지만, 눈이 안 보이니 내가 가는 것이 좋을 것 같아 조만간 포항에 가겠다고 했다. 이제는 스승과 제자가 아닌, 언니 동생으로 밤새 지나온 얘기를 하고 싶다.

어느 토요일, 나는 아침 일찍 일어나 J를 만나려 포항으로 갈 채비를 했다. 나는 지난 10년간 도자기를 배웠다. 어떤 선물보다 내 손으로 만든 도자기를 주면, 눈에 보이지는 않지만 그것을 만지면서 내 손길을 느낄 수 있을 것이다. 눈여겨 보아둔 도자기 컵과 접시 하나를 가방에 넣었다.

고속버스터미널에 가서 표를 사고서는 J에게 떠난다고 전화를 했다. J는 그 전날 밤 기분이 너무 좋아 잠을 이룰 수가 없었다고 한다. 고속버스를 타고 가는 두 시간 반 동안 옛날 생각을 하며 지루하지 않게 포항에 도착했다.

버스에서 내려 주변을 살피니 까만 색안경을 쓴 J가 서있다. 그

때 그 얼굴이 별로 변하지 않아 바로 알아볼 수가 있었다. 택시를 타고 가면서도 나와 J는 손을 꼭 잡고 서로의 소식이 끊긴 뒤부터 살아온 얘기들을 하기 시작했다.

그 동안 눈 수술을 한 것이 모두 여덟 번. 결국 아무 것도 보이지 않게 되고. 잘 안 보이는 것을 억지로 보려고 했던 때보다 오히려 전혀 안 보이는 지금이 맘이 훨씬 편하다고.

J는 손으로 내 머리를 가만히 만져 본다. 내 헤어스타일이 어떤지 알고 싶은 모양이다. 내 목소리는 그때와 똑같다며 신기해한다. 나이가 들어도 목소리는 별로 변하지 않는가보다. 또 나이 들어도 마음은 그대로라고 하며 같이 웃었다.

혹시 만나면 눈물이 날까 했었는데, 만나서 기쁜, 소중한 것을 다시 찾은 행복한 마음 그 자체였다. 찻집을 나와 우리가 함께했던 고등학교로 갔다. 학교 진입로의 히말라야시다, 교문, 운동장, 스탠드…. 감회가 새로웠다. 학교 뒤에 야산이 있고 산책로가 있었는데, 가끔 J와 손잡고 산책하며 이야기를 나누었던 기억이 났다.

J는 맹아학교를 졸업하고 지압원을 차렸는데, 손님이 많아 돈도 많이 벌었다고 한다. 그런데 사기꾼에게 속아 모든 재산을 다 잃고 한 5년 동안은 가게도 닫은 채 실의에 빠져 지냈단다. 작년부터 다시 지압원 문을 열었는데, 아직은 자리를 잡지 못하고 있는 상태라고 한다.

"너는 이제부터는 잘 될 거야! 비록 많은 돈을 잃었지만 지금 다시 시작했으니, 그 동안의 일은 인생 공부한 셈치고 잊어라."

J 에게 "좋은 기술을 가지고 있으니 앞으로 잘 될 것이고, 행복은 마음에 있으니 늘 즐거운 생각하며 살라" 고 덕담을 하고는 헤어졌다. J는 나중에 꼭 대전에 놀러오겠다고 약속했다.

대전으로 돌아오는 버스에서 생각에 잠겼다. 나도 제자에게 해주었던 말처럼 행복하고 즐겁게 살아야 할 텐데, 나는 지금 어떻게 살고 있는가? 25년 만에 보고 싶은 제자를 만났으니, 이 즐겁고 행복한 마음을 내 삶으로 이어가야겠다.

우리 집의 소중한 물건 1순위는 피아노
석이와 살면서 오랫동안 방치되어 있었지.
피아노 뚜껑을 열어본 게 언제인지
먼지가 가득 쌓이고
조율도 오랫동안 하지 않아 음도 다 내려갔다.
몇 십 년 만에 피아노 조율사를 불렀다.
25년 만에 제자를 만나 같이 노래를 불러야 한다니
조율사가 정성을 다하였다.

포항의 J를 비롯한 제자 세 명이 우리 집에 오고
차를 마시고 과일도 먹고는 내가 피아노 앞에 앉았다.
마음은 전처럼 잘할 수 있을 것 같았는데

오랫동안 치지 않아 무디어진 손가락은
자꾸 다른 음을 누른다.
그래도 우리는 25년 전의 여고생과 선생님
모두 목청 높여 노래를 부른다.

푸른집 이야기

스님 제자

이름은 생각나지 않지만 얼굴이 둥글고 잘 생겼으며, 의젓해 보이는 한 남학생이 기억난다. 그 애는 내가 담임한 학급의 학생은 아니었다. 나는 1주일에 한 시간씩 윤리과목을 가르쳤다. 소크라테스나 아리스토텔레스 등 서양 철학자에 대해 설명할 때 지루해하는 다른 학생들과는 달리 바른 자세로 눈을 동그랗게 뜨고 진지하게 들어 눈에 띄는 학생이었다.

처음엔 그가 어떤 학생인지 잘 몰랐는데, 그 반 담임선생님에게서 그 학생이 절에서 학교를 다닌다는 얘기를 들었다. 어렸을 때 아버지가 돌아가시고 형제가 여럿이라 어머니가 키우기 힘들어 절에 데려다 주었다는 것이다.

자기가 사는 절을 구경시켜 준다고 해서 토요일 오후에 약속을 잡았다. 화창한 가을날 학교가 파한 후 그 학생과 시외버스를 타고 가 어느 정류장에 내려 한참을 길을 따라 걸어가니 보경사라는 절이 나왔다. 절 근처를 지나는 사람이나 나이 많은 어른들도 그 학생을 보더니 합장을 했다. 어렸을 때부터 그 절에서 동자스님으로 자라 학교에서는 학생이지만 절에서는 스님이어서 그런가보다.

스님 제자와 가을빛이 물든 절 이곳저곳을 구경하고 같이 걸으면서 많은 얘기를 했다. 그 때가 3학년이어서 앞으로 어쩔 생각이냐고 물었더니 동국대학교 불교학과에 지원해 공부를 더 하고 싶다고 한다. 지금 그 학생은 훌륭한 스님이 되어 있을까, 아니면 속세의 보통 사람으로 살고 있을까. 궁금하다.

푸른집
이야기

가정방문

내가 두 번째로 근무한 학교는 경상북도 상주시에 있는 인문계 고등학교였다. 상주시 주변의 읍이나 면에 사는 학생들은 학교 가까이에서 자취하기도 했지만, 시외버스로 통학을 하는 학생들도 많이 있었다.

H도 멀리서 통학을 하는 학생이었다. 가끔 결석을 하는 날은 있었지만, H가 어느 날부터 며칠 동안 계속 학교에 오지 않아 걱정이 되었다. 시골 학생인데도 얼굴이 하얗고 잘 생겨서 혹시 다른 친구의 꾐에 빠져 노느라고 안 오는지, 어디가 아파서 안 오는지 알 수가 없었다. 요즘 같으면 모두 전화가 있어서 바로 알아볼 수 있지만, 1982년 당시는 시골에 전화 있는 집이 거의 없었다.

수업을 마치고 교감선생님께 가정방문을 간다고 하여 허락을 받았다. H의 집과 가까운 다른 마을에 사는 한 학생의 안내를 받아 찾아가는데 정말 먼 곳이었다. 시외버스를 타고 한 시간을 가고도 버스에서 내려 또 논두렁 밭두렁 시골길을 한 시간 쯤 걸어

가야 했다. 동네에서도 거의 끝자락에 있는 H의 집은 조그만 초가집이었다.

저녁 시간이라서 그런지 다행히 어머니도, 학생도 집에 있었다. 어머니께 H가 학교에 오지 않아서 찾아왔다고 하니 "학교에 가기 싫다고 하며 안 갔다"고 한다. 나를 피할 것 같았던 H가 조금 있자 방에서 나와 멋쩍어하며 인사를 했다. 너무 멀어 다니기가 힘들겠지만 그래도 고등학교는 졸업해야 되지 않겠느냐고 했더니, 그러겠다고 한다.

내일은 꼭 학교에 나오라고 다짐을 하고 돌아오려 하는데, H의 어머니가 따라 나오면서 왕복 버스비 정도의 꼬깃꼬깃한 돈을 손에 쥐어 주었다. 안 받겠다고 했지만 선생님이 멀리까지 찾아오셨는데 차비는 드려야 한다며 막무가내로 주머니에 넣어 주었다. 받지 않자니 어머니의 인정어린 마음을 무시하는 것 같아 더 이상 거절하지 못했다.

깜깜한 시골길을 다시 걸어 나와 시외버스를 기다려 타고 집으로 돌아왔다. 고생된 가정방문이었지만, H가 그렇게 멀리서 힘들게 학교에 다니고 있었다는 것을 알게 되었다. 그 후 H는 학교에 잘 나왔고 무사히 졸업하였다. 지금 50세도 넘었을 텐데, 고향에서 농사지으며 살고 사는지, 아니면 도시로 떠났는지 궁금하다.

푸른집
이야기

농땡이

고등학교 1학년 남학생들을 담임하고 있을 때였다. 당시는 정규 수업이 끝나고도 청소를 한 후에 자율학습 시간이 있었다. 어느 날 자율학습 지도를 하러 교실에 갔더니 다섯 명이나 되는 학생들이 자리에 없었다. 깜짝 놀라 학생들에게 그 애들이 어디 갔냐고 물었지만 모두 묵묵부답이다. "어디 갔는지 아는 사람, 말해보라" 고 다그쳐 물었다. 어떤 학생이 학교 근처에서 자취하는 학생의 방에 간 것 같다고 한다.

나는 그 학생의 자취방을 찾아가 방문을 열었다. 그 안에서는 다섯 명의 학생들이 모두 담배를 피워 물고 있었다. 자욱한 연기 속에 모여 앉아있는 그들에게 "얼른 일어나 학교로 가자" 고 했더니 순순히 모두 따라 나섰다.

고등학교에 입학한 지도 얼마 안 되는 학생들이 벌써 이래서 어쩌나 싶고 기가 막혀 도저히 그냥 지나칠 수가 없었다. 엄하게 혼을 내려고 교실을 둘러보았으나 회초리로 쓸 만한 것이 없어 창고에 가서 막대기를 하나 가져왔다. 그리고는 한 명씩 엎드리게 하고 엉덩이를 몇 대씩 때렸는데, 세 번째 학생 때 그만 막대기가 부러졌다. 나머지들은 때리지도 못하고 무릎만 꿇게 하고 긴 설교를 하고 보냈다.

다음 날부터 학교에서는 내가 힘이 무척 세다는 소문이 났고, 그 후에는 착실하게 자율학습에 참여해서 혼낼 일이 없었다.

여러 해가 지났을 때 구미 기차역에서 한 어른이 "선생님!" 하면서 꾸벅 인사를 한다. 단번에 그 때 담배 사건으로 나에게 혼났던 학생이란 걸 알았다. 그 학생이 1학년 때 담임을 했고, 2학년으로 진급을 하던 해에는 그 학교를 떠나 다른 학교로 전근을 갔다. 그 후 학교생활을 잘 했을 거라고 생각을 했는데 뜻밖의 말을 한다.

"선생님, 저 학교 졸업 못했어요. 3학년 때 자퇴했어요."

그 말을 들으니 갑자기 마음이 철렁 내려앉는 것 같았다.

"그래? 안타깝구나. 지금은 무얼 하니?"

"저 ㅇㅇ회사에 취직을 했어요."

"그러니? 잘 되었구나. 회사 잘 다녀!"

그와의 만남을 뒤로 하고 왠지 씁쓸한 기분이 들었다. 1학년 때 혼내기도 하고 타이르기도 하고 정성을 기울여 2학년으로 올려 보냈는데 결국 3학년에 가서 자퇴라니. 다시 학생과 선생으로 만날 수 있다면 그 학생들 꼭 붙들어서 졸업을 시키고 싶은 마음이 들었다.

푸른집
이야기

남학생들

남자고등학교의 화장실 청소를 확인하러 가면 담배꽁초가 여기저기 널려 있다. 특히 3학년 교실에 들어가면 쉬는 시간에 학생들이 담배를 피우고 들어와 담배냄새가 코를 찔렀다. 담배를 피우지 말라고 하면 '차라리 내 피를 뽑아가세요' 라며 담배를 피우지 않으면 못산다고 할 만큼 중독인 학생들도 많았다.

어느 날 밤 자취방에서 잠을 자기 위해 자리에 누웠는데, 대문 밖에서 "선생님, 선생님!" 하며 나를 부르는 소리가 났다. 이 밤중에 웬 학생들인가, 안 나가면 그냥 가겠지 하고 불을 끄고 가만히 있었다. 그런데 소리가 점점 커지고, 나중에는 대문을 발로 차며 동네가 떠나가도록 "선생님, 선생님!" 하는 것이다.

동네 사람들이 들으면 어떻게 생각하겠는가 싶어 하는 수 없이 밖으로 나가 대문을 열었다. 문 밖에는 비는 부슬부슬 오는데 우산도 없이 남학생 세 명이 서 있었다. 술 냄새가 풍기고, 손에는 담배를 한 개비씩 들고, 참으로 가관이었다. 선생님과 얘기하고 싶어서 왔다며 들어가면 안 되겠냐고 한다. 내 나이 30살 정도였던 그때 다 큰 고3 학생들을, 그것도 술까지 마신 학생들을 방으로 들이는 것은 안 되겠다 싶어 "얘들아, 어디 다른 곳으로 가서 얘기하자" 하며 따라오라고 했다.

학생들을 데리고 어디로 갈까, 걸어가면서 한참 고민했다. 술집엘 갈 수도 없고, 비에 옷이 다 젖은 아이들을 데리고 찻집에 갈 수도 없고, 분식집들은 이미 문을 닫은 시간이고. 문득 가끔 가보았던 성당이 떠올랐다. 성당은 언제나 문이 열려있고 조용했으니까 이야기하기에 좋은 장소로 생각되었다, 내가 성당 쪽으로 발길을 돌리자 학생들은 영문도 모르는 채 잘 따라왔다.

학생들과 성당 안으로 들어가서 조금 얘기를 하다가 그곳에 계신 신부님께 가서 학생들에게 좋은 얘기 좀 해달라고 부탁했다. 신부님은 자기도 젊었을 때 방황한 적이 있었다며 이야기를 시작하는데, 1시간이 넘어 2시간이 다 되었다. 불편한 자세로 마룻바닥에 앉아 꼼짝 못하고 앉아있던 학생들은 시간이 지나자 술이 깨어 정신을 차린 듯 모두 집에 가겠다고 한다.

집에 돌아가기 전에 나에게 절대로 자기들 반 담임선생님께는 오늘 일을 얘기하지 말아 달라고 부탁한다. 나는 당연히 그 반 담임선생님께는 아무 얘기도 하지 않았다. 그 학생들은 아무 탈 없이 학교를 잘 졸업하였는데, 지금도 그 날 밤을 젊은 시절의 추억으로 기억하고 있을 것이다.

음악 교과서

전에 근무했던 한 고등학교는 한 학년에 5학급으로 모두 15개 학급이었는데 음악교사는 한 명도 없었다. 어느 자리에서인가 내가 피아노를 칠 수 있다고 하자, 교장선생님은 나에게 음악도 가르치라고 하였다.

윤리과목 외에 음악을 덤으로 더 가르치게 되니 다른 선생님들보다 수업 시간도 많아져 힘든 점도 있었다. 그러나 나는 음악을 좋아했기 때문에 그 학교에 재직하던 3년 동안 음악을 가르치게 된 것은 또 하나의 즐거움이었다.

목소리가 좋은 것도, 노래를 잘하는 것도 아니지만, 한 소절을 내가 먼저 부르고 학생들에게 따라 부르게 하면서 고등학교 음악책에 있는 모든 곡을 한 시간에 한 곡씩 가르쳐 주었다.

〈봄 처녀〉, 〈목련화〉, 〈물망초〉, 〈그리운 금강산〉, 〈비목〉, 〈깊어가는 가을밤에〉, 〈라스파뇨라〉, 〈탈대로 다 타시오〉, 〈뱃노래〉, 〈이별의 노래〉 등등 교과서에 나오는 아름다운 가곡들을 학생들과 함께 부르는 일은 참 즐거웠다.

남자 고등학생인데도 이상하게도 수업시간에 흐트러짐 없이 다들 진지하게 노래를 부르는 모습이 신기하기도 하고 기특하기도 했다. 음악책 한 권이 다 끝나갈 때 쯤 나는 학생들에게 말했다.

"얘들아, 이 음악책은 소중한 것이니 절대로 버리지 말고 결혼을 하더라도, 이사를 가더라도 평생 간직해야 한다. 그리고 가끔 음악책을 꺼내서 노래를 불러보는 여유를 가지고 살아라. 너희들 마음속에 음악의 아름답고 순수함을 간직하고 살라는 뜻이란다."

수십 년이 지난 지금 그 학생들 중 한 명이라도 음악책을 버리지 않고 간직한 학생이 있을지 모르겠지만, 나는 가끔은 피아노 앞에 앉아서 낡아 표지도 없어진 고등학교 음악책을 꺼내 한 소절 한 소절 나를 따라 노래하던 학생들을 생각하며 노래를 불러보곤 한다.

푸른집
이야기

둘째아이

상주에 있는 고등학교에 근무하면서 둘째아이를 임신하게 되었는데, 출산할 때까지 나는 무척 괴롭고 힘든 시간을 보냈다. 상주의 학교 근처에 방을 얻어 생활하면서 1주일에 한 번씩 구미에 있는 집에 왔는데, 어느 날부터인가 남편이 같은 회사에 다니는 한 아가씨와 좋아 지내고 있는 것을 알게 되었다.

그 아가씨는 나 없는 동안 우리 집에 들어와 내 결혼사진뿐 아니라 내 얼굴이 들어있는 사진을 모조리 찢어 화장실에서 불 태워 버렸고, 심지어 내가 대학교 졸업할 때 후배들로부터 받은 기념패나 상패까지도 부숴서 내동댕이쳐 놓았다.

둘째아이 출산이 임박해서 학교에 특별휴가를 내고 집에 와 있는데, 그 아가씨가 술을 잔뜩 마시고 집으로 찾아와 행패를 부려 나는 큰 충격을 받았다. 며칠 후 진통이 와서 출산을 하러 병원에 갔다. 그러나 충격에서 벗어나지 못하고 심적으로 불안해 있었던 터라 아이를 내 힘으로 낳을 수가 없었다.

촉진제를 맞고 두 시간이 채 안되었는데, 의사는 청진기로 아이의 숨소리를 듣더니 상태가 좋지 않은 것 같다며 빨리 처리해야겠다고 한다. 무슨 기구를 이용하는 소리가 들리고, 간호사 두 명이 내 배를 누르는 것을 마지막으로 나는 정신을 잃고 말았다.

얼마가 지났는지 정신이 들어 깨어보니 주변이 어수선했다. 아이가 숨을 안 쉰다는 것이다. 잠시 후에 아이 우는 소리가 들렸는데, 우렁찬 소리가 아니라 아주 작게 겨우 숨이 돌아와 우는 소리였다. 그래도 나는 숨을 쉬니까 괜찮을 줄 알았다. 병원에서 이틀을 지내고는 아이를 데리고 집으로 왔다.

아이는 신생아 때부터 잠도 안자고, 젖도 잘 빨지 못하고, 다리를 뻗으면서 헛힘을 쓰는 등 이상한 점을 많이 보였다. 그러나 그냥 까다로운 아이여서 그런가보다 하고 지나쳤다.

남편은 아이가 태어난 지 한 달 만에 여자 문제 때문에 회사에서 곤란했던지 사표를 냈다. 그리고는 남편은 퇴직금을 모두 가지고 미국으로 유학을 떠났다. 그때부터 나 홀로 직장에 다니면서 두 아이를 키우는 일을 해야 했다.

아이는 자라면서 목을 가누는 것도, 뒤집는 것도, 서는 것도 다 느렸다. 그래도 주위 사람들은 위안을 주려고 그랬는지 아이가 늦되는 것이라고 한다. 나도 이런 아이를 본 적이 없었기 때문에 늦되는 아이일 것이라고 믿고 있었다.

돌이 막 지났을 즈음 옆집 사는 아주머니가 "아이가 좀 이상하다"는 말을 처음으로 했다. 그 아주머니는 자기 동생이 정신지체장애인이라 시설에 있다고 하였다. 동생을 만나러 가끔 시설에 가서 장애 아이들을 보았다고 하면서, 내 아이도 "아무래도 좀 이상한 것 같다"고 한다.

'설마 내 아이는 아닐 거야' 라고 강하게 부정도 해 보고, 정말 이 아이가 장애아라면 어쩌나 하는 두려운 생각에 '함께 물에라도 빠져 죽어야 할까?' 하는 극단적인 생각이 스치기도 했다.

아무래도 아이가 이상한 것 같아 방학을 기다려 모 대학병원 소아과에 데리고 갔는데, 아이가 너무 어려서 그런지 X레이 몇 장 찍고 몇 가지 검사를 하더니 별 이상이 없다고 하면서 더 지켜보자고 한다.

아이는 여전히 보통 아이들이 자는 잠의 반도 안자고, 두 돌이 되어도 제대로 걷지를 못했다. 세 돌 쯤 되었을 때 이번에는 재활병원으로 데려갔는데 의사가 나에게 조심스럽게 이야기를 건넸다.

"이 아이는 CP, 즉 뇌성마비 장애가 있습니다. 현대의술로는 고칠 수가 없으니 앞으로 특수교육을 받아야 합니다."

그 말을 듣고 다리가 떨려 병원을 어떻게 걸어 나왔는지 모른다. 하지만 지금 생각해도 그렇게 확실하게 말해 준 의사가 고맙게 생각된다. 다른 사람들은 치료를 위해 이 병원 저 병원 많이 찾아 다녔다고 하는데, 나는 그 말을 들은 후 더 이상 아이 치료를 위해 병원에 가지는 않았다.

잘 아는 언니가 어느 기도원에 병을 고치는 능력을 가진 분이 계시다고 가보라 해서 혹시나 하는 심정으로 포천의 그 기도원까지 몇 번 가보기도 했다.

하지만 시간이 갈수록 나아지는 것은 없고, 오히려 비정상적인 행동만 점점 더 늘어갔다. 걸음도 똑바로 걷지 못하고, 침도 엄청나게 흘리고, 밤에는 잠을 자지 않고 울고…. 보통 아이들의 발달과정과는 점점 차이가 났다.

밤에 너무 잠을 자지 않아 병원에서 수면제를 처방받아 먹여보기도 했다. 그러나 1회분으로는 듣지 않아 한 번에 2회분을 먹여도 소용이 없어 늘 아이를 안고 밤을 새우다시피 하였다.

가까운 친지들은 아이를 장애인 시설에 맡기라고 권유하기도 했지만, 나는 그 말이 제일 듣기 싫었다. 아무리 힘들어도 내 아이는 내가 키워야겠다는 생각밖에 다른 생각은 전혀 할 수가 없었다.

푸른집
이야기

구미 생활

상주에서 3년을 근무하고, 구미에 있는 중학교로 발령이 났다. 처음에 교사로 나갈 때는 몇 년이 지나야 구미로 들어올까, 손꼽아 기다렸는데, 떠난 지 4년 4개월 만에 구미로 오게 된 것이다. 구미는 대구에서 통근거리에 있어 대구에 집이 있는 선생님들이 선호하는 지역이었는데, 다른 선생님들에 비해 빨리 구미에 들어오게 된 편이었다.

그러나 구미로 발령이 났어도 남편이 회사에 사표를 내고 미국으로 떠났기 때문에 나는 크게 좋아할 일이 못되었다. 남편이 구미에서 그대로 회사에 다니고 있었더라면 살던 집에서 가족이 함께 살 수 있었겠지만, 남편이 없으니 학교 근처에 방을 구했다.

그즈음 딸아이가 초등학교에 들어갈 나이가 되어 딸을 구미로 데려 오고, 대신 석이를 대전의 어머니께 맡겼다. 주말에는 석이를 보러 대전에 갔는데, 상주에서 가는 것보다 더 가깝고 기차를 타고 다닐 수가 있어서 편리했다.

구미의 중학교에서는 1학년 도덕을 가르쳤다. 어느 날 아이들에게 도덕 숙제를 내고 다음 시간에 숙제검사를 했다. 숙제를 해오지 않은 학생은 앞으로 나오라고 하여 꾸중을 하였는데, 키가 크고 예쁘게 생긴 여학생은 대답을 하지 않다가 모기같이 작은 목소리로 "선생님, 글씨를 못 써요" 라고 한다.

그 때가 3월 초순이었다. 곧 신입생이라 그 애가 어떤 학생인지 파악이 안 되어 있을 때였다. 나는 그 말을 듣고 깜짝 놀랐다. 그런 줄도 모르고 벌을 주려고 했던 것이 미안했다. 그 때까지 장애학생을 본 적이 없어 중학교에 글씨를 모르는 학생이 있다는 사실에 놀라기도 했다.

그 애는 내가 만난 최초의 장애학생이었다. 그 학생에게 더 이상 숙제를 해오라고 하지는 않았지만, 그 학생 수준에 맞는 교육적인 도움을 주지는 못했다. 나중에 내가 특수교육 공부를 하고 나서야 그 학생에게 수준에 맞는 개별화 교육을 시켜 줄 의무가 있다는 것을 알게 되었다.

아침에 출근하는 길에 으레 만나는 한 여자애가 있었다. 얼굴이 동그랗고 귀엽게 생겼으나 좀 뚱뚱한 아이였다. 그 애는 종종걸음으로 밭으로 논으로 다니며 일을 하고, 그렇지 않으면 작은 아기를 등에 업고 다녔다. 그 아이를 볼 적마다, 저 애는 왜 학교도 안 다닐까 궁금한 생각이 들었다.

그런데 입학식 날, 그 애가 학교에 왔다. 등에는 낡은, 덩치에 안 어울리는 초등학생용 작은 가방을 메고 있었다. 이름이 K라 했다. 가정환경조사서를 보니 부모님은 안 계시고, 5촌 친척과 함께 살고 있는 것으로 되어 있다. 나중에 들으니 부모님이 돌아간 후 친척집에 와서 농사일과 가사를 거들고 아이를 돌보며 살고 있다고 한다.

K는 학교에 오는 날보다 안 오는 날이 더 많았다. 학교에 오는 날도 아침식사 후 설거지까지 하고 오니 한 시간 지각은 보통이었다. 책가방에는 책도 공책도 없고, 비가 오는 날이면 우산도 없이 비를 맞고 왔다. K에게 나는 책과 공책을 구해주었다.

어느 날 학교에서 형편이 어려운 학생에게 장학금을 준다고 추천하라고 해서 K를 추천, K가 장학금을 타게 되었다. 그 후 K는 얼굴 표정이 훨씬 밝아졌고 학교에서도 더 자주 볼 수 있었다.

그 해 9월 1일자로 내가 갑자기 대전으로 전근을 가게 되어 이삿짐을 꾸리고 있는데, 배웅 나온 몇 명의 학생들 사이에서 K가 눈물을 훔치고 있었다. 그리고는 K를 뒤로 하고 구미를 떠났는데, 몇 해 후 내가 근무하는 학교의 교무실로 전화가 왔다 .

전화를 바꿔주는 선생님이 큰 소리로 "박 선생님, K한테서 전화요!" 라고 말해 교무실에 계시는 선생님들이 모두 웃었다. K는 내가 어느 학교에 있는지 몰라 대전교육청에 내 근무지를 알아보았다고 한다.

그 후 가끔 K와 통화를 했다. 대구로 나와 취직을 해서 다닌다는 얘기, 자동차 정비하는 남자와 만나 결혼을 한다는 얘기를 전해주었다. K의 결혼식 날 나는 만사를 제쳐두고 대구의 결혼식장에 갔다. 부모님도 없는 결혼식이 쓸쓸하지 않을까 싶었지만, 다행히 친척들이 많이 와 축하를 해주었다.

웨딩드레스가 아닌 전통혼례복을 입고 결혼식을 올리는 모습을 먼발치에서 지켜보며 K가 잘 살기를 기원했다. 아들을 낳았다는 얘기를 끝으로 더 이상 K의 소식을 듣지는 못했지만, 그녀가 좋은 아내, 좋은 엄마 되어 잘 살고 있으리라 믿는다.

푸 른 집
이 야 기

대전 생활

둘째아이를 낳은 지 한 달 만에 미국으로 유학을 떠났던 남편이 2년 6개월 만에 돌아와 대전의 모 연구소에 취업을 하였다. 딸을 대전의 초등학교로 전학시키고, 나도 대전으로 학교를 옮기게 되었다.

그동안 남편은 미국에서, 아이들은 대전에서, 나는 구미에서 각각 콩가루 가족처럼 떨어져 살다가 연구소에서 제공하는 사원아파트에서 오랜만에 온가족이 함께 살게 되었다. 남편은 안정된 직장을 가지게 되었고 나도 대전시로 들어왔으니 이보다 더 좋은 일이 없었다.

딸아이는 씩씩하고 똑똑해서 사람들에게 칭찬도 많이 받았다. 하지만 둘째아이가 걱정거리였다. 시간이 갈수록 좋아지기는커녕 밤에 잠도 안자고 울고, 무엇이나 찢고 부수고 힘들게 했다. 아이가 탄생하자마자 미국에 유학을 떠났다가 돌아온 남편은 그런 아이를 이해하고 받아들이기가 힘든 것 같았다.

그때 나는 아이를 위해 직장을 그만 둘 것인가, 아니면 계속해야 할 것인가 심각하게 고민하게 되었다. 내가 직장을 그만두고 아이만을 위해서, 아이에게만 매달린다고 과연 이 아이가 얼마나 더 좋아질 수 있을까 생각해 보았다. 그 때까지의 아이 상태로 보아 어떤 노력을 들여도 크게 개선될 것 같지는 않았다. 또 마흔이 가까워오는 나이에 내 집 마련도 못하고 있는 상황이었으니, 나중에 아이의 장래를 위해서도 직장생활을 계속하는 것이 더 나을 것이라는 판단을 내렸다.

푸른집
이야기

푸른집

결혼 후 10년이 넘도록 전세집이나 사택에서 살아왔는데, 이제 사택에 사는 것도 기한이 만료되어 내 집을 장만해야 할 처지가 되었다. 기왕 집을 장만하려면, 석이를 위해 아파트보다는 단독주택이 더 좋겠다는 생각이 들었다. 가진 돈이 얼마 없어 시내 쪽은 엄두도 못 내고, 변두리 쪽으로 알아보다가 이 집을 보게 되었다. 오래되고 낡아 보였지만 터가 넓고 나무가 많은 것이 마음에 들어, 시세를 알아보지도 않고 달라는 대로 다 주고 샀다.

집을 사고 나서 보니 지붕은 샜고, 수도가 안 들어와 지하수를 사용해야 하는데 지하수도 나오지 않았다. 창문은 틈이 벌어져 덜컹덜컹 흔들리고, 도저히 그대로는 살 수 없는 상태였다. 근 한 달을 걸려 지붕 수리를 하고, 방바닥을 뜯어 난방 호스를 새로 깔고, 지하수까지 새로 파 겨우 살만하게 만들었다. 그래도 처음으로 내 집을 장만하게 된 것이어서 행복한 마음으로 이사를 왔다.

한밤중에 석이가 깨어 돌아다니거나 공을 던지고 놀아도 신경 쓸 필요가 없었다. 석이가 나가 놀 잔디밭과 그네가 있고, 꽃밭과 과일나무, 텃밭도 있고, 개와 고양이를 키워 정서적으로 도움을 줄 수 있어 좋았다. 뜰에 꽃과 정원수 등이 많이 있었는데도 장미와 과일나무를 더 사다 심었다. 사용하지 못하는 우물을 메워 가장자리를 꾸며서 연못으로 만들어 수련을 심고 물고기를 길렀다.

언덕 위의 뾰족 지붕이 푸른 청기와였고, 집안에 나무가 파랗게 우거지고 푸른 잔디가 깔려 온통 푸른색인 이 집을 나는 푸른집이라고 불렀다. 나무와 나무 사이에 해먹을 달아 낮잠을 자며, 이렇게 사는 것이 행복이겠거니 했다.

목욕을 하면 하루가 행복하고,
이발을 하면 사흘이 행복하고,
새 집으로 이사 가면 1년이 행복하고
결혼을 하면 3년이 행복하단다.

푸른집
이야기

이혼

푸른집으로 이사하여 행복한 마음으로 지낸 것은 1년이 채 안되었다. 석이가 밤에 잠을 안자고 이상한 행동을 하면, 남편은 아이에게 화를 내고 소리를 지르거나 때리려고까지 했다. 그러면 나는 너무 속상한 나머지 "저 아이가 누구 때문에 그렇게 되었는지 아느냐?" 며 대들었다.

그런 상태로 살자니 가족이랄 것이 없었다. 남편은 또다시 밖으로 나돌았다. 나는 낮에는 학교 출근하랴, 밤에는 아이 돌보랴, 집안일 하랴 정신이 없었고, 또 남편을 붙들 만큼 상냥하고 매력 있는 여자가 되지 못했다.

푸른집에 산 지 1년이 좀 지날 즈음 그가 다른 여자를 만나면서 또 어려움이 찾아왔다. 전과는 달리 이번에는 나에게 적극적으로 이혼을 해 달라고 한다. 이혼을 들어주지 않으면 집을 팔아 해외로 간다느니, 나와 결혼해서 자기 인생이 망쳤다고 하면서 남은 30년을 이렇게 살 수는 없다고 한다.

'참고 기다리면 잘 되겠지' 하고 생각했으나 너무 집요하게 이혼을 요구하자 더 이상의 결혼생활은 어렵겠다는 생각이 들었다. 친정 부모님께 전화로 상의하니, 부모님께서는 그날 저녁에 당장 오셔서 남편이 원하는 대로 해주라고 하셨다.

남편에게 아이들은 어떻게 할 거냐고 물었다. 자기는 아이는 못 키운다고 한다. 나는 그가 그렇게 대답할 줄 예상했지만, 쉽게 자기 자식의 양육권과 친권을 포기하는 모습에 정말 아버지로서 자격이 없고 책임감도 없는 사람이라는 생각이 들었다.

남편은 미국으로 유학 갔다 오면서 가진 돈을 다 써 버렸다. 그러니 위자료나 양육비 같은 것은 받을 생각도 못하고, 아직 갚아야 할 은행융자가 남아있는 이 푸른집만 내 앞으로 이전하고 그와의 13년 결혼생활을 끝냈다. 나는 남편에게 "당신은 아버지의 의무를 버린 것이니 아이들을 버린 것이고, 이젠 아버지가 아니다. 그러니 앞으로 절대로 아이들 만나 볼 생각을 하지 말라"고 최후통첩을 했다.

이제부터 두 아이는 아빠 없이 나 혼자 책임지고 키워야 한다. 당초부터 아빠가 없었다고 생각하는 것이 차라리 마음이 편했다. 다른 여자와 살면서 괜히 아이들 만난다고 왔다 갔다 하면 아이들에게도 좋을 것이 없고, 그래서 어쩔 수 없이 그의 얼굴을 보는 것도 싫었다.

까만 어둠이 내려와

눈앞에 보이는 것 하나 둘
어둠 속으로 사라져가 듯
지난 일들 세월 따라 망각 속으로 사라져간다.
아픔도, 슬픔도, 미움도 지나면 그 뿐인 것을
그리도 아등바등 맘 졸였던가
떠들썩했던 골목길 밤이 되니 조용하고
요란한 매미는 여름을 잡아두지 못하며
무성했던 초원도 겨울이면 빈들인 것을
아스라이 먼 곳에 있는 저 별은
밤이 깊을수록 빛나고
세월이 흐르고 또 흘러
모든 것이 녹아내려도
그 안에 남겨지는 무엇이 있다면
그것은 잊혀진 줄 알았던
옛 이야기
우리네 어설픈
사랑이야기일 것이다.

나는 지나온 날을 기억하기를 싫어한다. 생각이 날라치면 머리를 흔들어 지워버린다. 괴롭고 아픈 기억이 많아서일 수도 있지만, 무엇보다도 아름답고 행복했던 그 시절로 돌아갈 수 없기 때문이다.

동그란 얼굴, 맑은 눈동자를 가지고 세상을 바라보던 그 시절로 다시 돌아갈 수가 없고, 오색 무지개 꿈을 다시 꿀 수 없기 때문이다.

가슴에는 애틋한 사모의 정을 다시 느낄 수 없고, 가을 단풍이 수채화 그림으로 보이지 않기 때문이다.

도시의 불빛에 가려 하늘의 별이 영롱하지 않으며, 달 속에 임의 얼굴이 담겨있지 않기 때문이다.

그러나 지금 가슴이 저미도록 아파오는 이유는 먼 훗날 또 시간이 흐른 뒤 지금 이 자리를, 지금 이 시간들을, 지금 나와 함께 하는 사람들을 또 다시 그리워할 것을 알기 때문이다.

푸른집
이야기

낮은 곳으로

푸 른 집
이 야 기

친 정

뜰에는 철마다 아름다운 꽃이 피고, 새들이 지저귀고, 무더운 여름에도 선선한 바람이 부는 산장 같은 푸른집. 잠시나마 행복을 꿈꾸었던 나의 분신과도 같은 푸른집. 그러나 남편과 헤어진 후 나와 아이들만 덜렁 푸른집에 사는 것이 무서웠다.

천 길 낭떠러지로 떨어진 것 같은 절망의 마음을 추스르기도 할 겸, 푸른집을 전세로 내주고 나는 아이들과 함께 친정으로 들어갔다. 어머니가 밥도 해주고, 석이까지 돌보아 주니, 나는 조금도 흐트러짐 없이 직장생활을 할 수 있었다. 당시 교감선생님은 나를 보면 늘 "어려운 상황인데도 근무를 잘 해주어 고맙다"는 격려 겸 위로를 해주셨다.

당시 6학년이었던 딸도 아이답지 않게 의젓했다. 부모의 이혼 때문에 학교생활에 어려움이 있으면 어쩌나 걱정이 많았는데, 공부도 잘하고 글짓기도 잘해서 항상 교내외의 상을 타가지고 와, 절망에 쌓인 내 마음에 많은 위로가 되었다.

그즈음은 사람 만나는 것이 싫었다. 전에는 학교에서 동료교사들과 이야기를 많이 했는데, 꼭 필요한 말 외에는 하지 않고 지냈다. 누가 청첩장을 주면 축의금만 보내고 예식장에는 가지 않았다. 계모임 하나 있는 것도 탈퇴하였다.

갑자기 동화 〈소공녀〉의 주인공 세라가 생각이 난다. 나는 내가 가졌던 그 모든 것을 하나 둘씩 버리고, 내가 누렸던 자리를 한 칸씩 내려와 가장 낮은 곳에서 생활하고 있다는 생각이 든다. 마치 소공녀 세라가 조그만 다락방으로 쫓겨났을 때처럼.

더 내려갈 곳 없는 이 자리가 마음이 편하고 좋다. 어디로 올라가고 싶은 생각도 없고 가지고 싶은 것도 없다. 먼 훗날의 일은 내 소관이 아니고, 내 의지대로 살아질 수도 없는 일이다. 그냥 미래는 미래에 맡기는 수밖에.

혼자 있으면 나는 남편 복도 없고 자식 복도 없고, 그래서 가진 복이 없다는 생각이 들었다. 마음속 깊이 우러나오는 찬송과 기쁨은 다 어디 갔는지, 날마다 찌푸린 겨울날 같았다.

종일 마음이 복잡하고 우울했던 어느 날, 갑자기 '네가 가진 주신 복을 세어 보라' 는 찬송가가 생각났다, 내가 받은 복을 손꼽아 보니, 제일 먼저 부모님이 계신 것이 복이고, 딸이 건강하고 공부 잘하는 것도 복이고, 내가 건강한 것이 복이고, 학교라는 직장에 다니는 것도 복이고, 그리고 석이가 내 아들인 것도 복이다.

굽은 나무가 선산을 지킨다고, 건강한 자녀는 성장하면 모두 집을 떠나는데, 석이는 내 곁을 떠나지 않고, 언제까지나 나와 함께 살 것이니 석이가 내 아들인 것이 복 아니고 무엇이겠는가.

하나하나 세어보니 나는 너무 많은 복을 누리며 살고 있다. 이를 감사하지 않으면 욕심이 많은 때문일 것.

푸른집 이야기

석이

석이가 귀를 가리키며 아프다는 표정을 짓는데 귀속을 들여다 보아도 아무것도 보이지 않아 그냥 놓아두었다. 며칠이 지나 석이의 귀가 빨갛게 되어 밝은 곳으로 데리고 나와 귀속을 자세히 보니 못 대가리 같은 것이 보이는 것이다. 너무 깊이 박혀 있어 집에서 꺼내는 것이 불가능하여 이비인후과에 데리고 갔다.

의사선생님이 핀셋으로 귀속에서 못을 꺼냈는데, 못을 꺼내는 순간 귀에서 피가 주르르 흐른다. 의사선생님도 이런 경우는 처음이라며 놀란다. 치료를 받고 집으로 돌아오는 길에 또 다리가 떨린다. 말도 못하는 애가 못이 무엇인지도 모르고 귀 속에 집어넣고, 움직일 때마다 못이 귀 속을 찔러 아팠을 텐데 하는 생각이 내 마음을 찌른다.

나에게 닥쳐온 현실이 참 아프다.

그러나 슬퍼하는 이 시간에도 해는 밝게 빛나고

실망하는 이 시간도 별은 반짝인다.
사는 것이 다 그렇겠지.
어제는 슬프고 오늘은 기쁘고
내일은 아름답고 가치 있는 날이기를.

석이의 지적 능력이 매우 낮아 책을 읽고 쓰고 하는 교육은 아무리 해도 소용이 없었다. 석이가 서너 살 때부터 함께 움직이고 활동하면서 신체적 자극을 주어 발달을 유도해야겠다는 생각으로 유원지, 놀이공원, 박물관, 수영장 또는 가까운 산에도 많이 데리고 다녔다.

대전 보문산에 있는 놀이공원에도 자주 갔다. 그곳의 꼬마기차나 회전목마도 탔지만, 특히 다람쥐 통 모양의 둥근 통이 굴러가는 놀이기구를 자주 타곤 했다. 둥그런 통 안에 들어가 앉아 있으면 통이 360도 굴러가는 놀이기구인데, 아이를 혼자 태울 수가 없어 나도 같이 탔다.

둥근 통이 앞으로 떼굴떼굴, 뒤로 떼굴떼굴 구르면 그 안에 탄 사람도 함께 구르기 때문에, 내리면 속이 메스껍고 무척 어지러웠다. 그래도 다람쥐 통이 돌면서 뇌에 자극을 주어 도움이 되지 않을까 하는 마음에 일부러 타곤 했다.

석이가 만 3세가 되었을 때 대전에 있는 장애아 치료교육실을 알아보았는데, 1987년 당시는 그런 곳이 대전에 딱 한 군데밖에 없었다. 그러나 그곳은 교육비도 무척 비쌌고, 이미 아이들이 꽉 차서 6개월 이상 기다리라는 것이었다.

어떤 어머니는 서울로, 어떤 어머니는 청주로 아이를 데리고 다니는데, 나는 시간도 없고 경제적 여유도 없어서 그렇게 할 수 없었다. 그러다가 1988년에 대전시립장애인복지관이 생겨 언어치료, 작업치료, 운동치료 등을 1주일에 2회 또는 3회 받을 수 있게 되었다.

이때에도 친정어머니가 몸무게가 제법 나가는 석이를 업고 용계동에 있는 장애인복지관까지 버스를 타고 다니면서 언어치료와 작업치료를 받게 해 주셨다. 나는 어머니 덕분에 석이를 키울 수 있었고, 학교 일을 계속 하면서 어려운 시절을 버틸 수 있었다.

처음에는 언어치료를 받으면 크게 개선되지 않을까 기대감도 있었지만, 생각처럼 바로 말을 할 수 있게 되는 것은 아니었다. 언어치료 선생님은 석이는 말하는 뇌 쪽에 문제가 있어 언어표현이 안 된다고 말씀해 주셨다. 아이가 말을 못하는 데도 원인이 다양하고, 그 원인에 따라 치료 가능한 것이 있고 치료가 불가능한 것도 있다는 것이다.

결국 석이는 언어표현이 크게 개선되지는 못해, 지금은 말은 거의 알아듣지만, 스스로 말로 표현할 수 있는 것은 몇 마디 안 되고, 손짓이나 행동으로 의사표현을 하고 있다.

푸른집
이야기

피난처

이혼을 하고 친정에서 2년 동안 살다가 딸아이가 다니는 학교가 너무 멀어서 그 애의 학교 가까이에 있는 작은 아파트로 이사를 했다. 13평짜리 아파트라서 거의 원룸 수준이었지만 대로변이라 위치가 좋았고, 작아서 청소하기 쉽고, 관리비도 적게 들어 좋았다.

'이런 집도 없는 사람 생각해서 감사하며 살아야지' 라고 생각하니 작은 아파트가 나의 피난처처럼 생각되었다. 13평짜리 주공아파트에는 작은 화장실이 하나 있었지만 샤워기가 없어 화장실에서 겨우 물만 끼얹으면서 샤워를 했는데 좋은 방법이 떠올랐다.

큰 고무 '다라이' 를 사다가 베란다에 놓고, 베란다의 창문 절반에 시트지를 잘 붙여 밖에서 보이지 않게 했다. 아파트에서 우리 집이 제일 높은 층이고, 우리 집 앞에는 높은 건물이 없어 밖에서 보일 염려는 없었다.

고무 '다라이' 에 더운 물을 가득 채우고 그 안에 들어가 앉아 있으면 목욕탕 욕조처럼 편안하였다. 창문 위로는 파란 하늘이 보이고 햇빛이 들어와 일광욕도 하면서 목욕을 하니 기분이 너무 상쾌하였다.

대개의 집은 거실이나 안방은 해가 잘 드는 남쪽으로 두고 목욕탕이나 주방은 해가 안 드는 북쪽에 배치한다. 그러나 나는 집을 고치거나 새로 짓게 되면 해가 잘 드는 곳에 욕실을 만들고 싶다. 외국 영화에서처럼 욕실에 유리문을 크게 달아 문 열고 나오면 정원과 바로 연결되는 그런 집 말이다.

푸른집
이야기

운명

석이는 항상 내 옆에서만 놀고, 잘 때도 항상 내 옆에서만 잔다. 그래서 자다가 석이가 깨면 나도 같이 잠을 깨야 해서 늘 피곤했다. 석이가 잠을 안자고 새벽에 깨면 배가 고픈지 징징거려 우선 먹을 것부터 챙겨 주게 되는데, 그러면 좀 얌전해진다.

석이와 함께 사는 것은 결코 쉽지 않다. 내가 빈틈을 보이면 별의 별 짓을 다 하기 때문에 조금도 방심하면 안 된다. 일을 할 때도 뒤에 눈이 달린 것처럼 석이를 살펴야 한다.

나도 천사처럼 살고 싶다. 그러나 석이가 일을 저지를 때는 나도 모르게 화가 나서 때리고 발로 차기도 하고 욕도 한다. 나는 절대로 천사가 될 수 없다. 엄마가 아이를 때린다고 하면 나쁜 엄마라고 할 것이다. 다른 사람에게 이렇게 생활해보라고 하면 아마 하루도 못 견딜 것이다.

정상인이 아닌 중환자가 집에 있는 것과 다름이 없다. 밤에도 잠을 자지 않아 밤새도록 불을 켜 놓아야 하는 날이 부지기수이다.

밥을 먹을 때는 식탁을 온통 어지럽히니 밥이 어디로 들어가는지 알 수가 없다. 정신이 돌아버릴 지경이다. 그럼에도 내 자식인데… 하면서 다시 안아주고 놀아주고 그런다. 내가 이 아이를 끼고 살아야 하는 이유는 내가 아니면 남이 그 일을 대신해 줄 사람이 없기 때문이다.

석이도 점차 나아지고, 나도 점차 나아지겠지. 매일매일 닥치는 속상한 일들을 무조건 참는 것도 한계가 있고 병이 될 수도 있을 것이다. 이 난리 속에서 어떻게 하면 마음의 찌꺼기를 걸러내어 승화시킬 수 있을지 헤매었던 것이 내 삶이었다.

푸른집
이야기

수영

아파트 근처에 수영장이 있어 새벽반에 등록을 하고 아침 6시에 수영을 하러 다니게 되었다. 대학교 다닐 때 수영을 배워 자유형이나 평형은 조금 할 줄 알았었지만, 기초부터 다시 배우기 시작했다. 자유형도 웬만큼은 따라 했지만, 평형을 특히 잘한다고 칭찬을 받았다.

그 수영장은 가장 깊은 곳이 3미터였다. 몇 달이 지나자 나와 같이 수영을 배우던 사람들은 모두 그 깊은 곳까지 수영을 해서 갔다 왔다 하는데 나는 언제나 발 닿는 곳까지만 갔다. 깊은 곳으로 가는 선을 넘기만 하면 갑자기 가슴이 두근거리고 팔 다리가 마비된 것처럼 수영이 안 되는 것이다.

혹시 내가 잘못되기라도 하면 석이는 어떻게 되나, 하는 평상시 내내 가져왔던 내 무의식이 웬만큼 수영을 할 줄 아는 나를 수영장의 깊은 곳까지 선뜻 가지 못하게 하는 것은 아닌가 하는 생각이 들었다.

내가 수영을 웬만큼 하면서도 깊은 곳에 들어가지 못하자 수영 강사는 수영장 벽에 달린 사다리를 타고 들어가 물 밑바닥을 딛고 다시 올라오기를 반복시켰다. 하루에 30번씩 사다리를 잡고 물속 바닥까지 들어갔다가 올라오는 것을 되풀이하다 보니 물속 밑바닥이 두렵지 않게 되었고, 나도 곧 깊은 곳까지 헤엄쳐 갈 수 있게 되었다.

나중에는 얕은 곳은 재미가 없고 깊은 곳에서 헤엄쳐야 더 재미있게 되었다. 깊은 곳을 자유롭게 수영으로 왕래하면서 나도 모르게 마음에 변화가 오기 시작했다. 무섭게 보이던 물이 별 것 아니듯이, 세상이 두려워 의기소침해 있던 마음에도 조금씩 자신감이 생기기 시작했다.

푸른집
이야기

단 상

시간이 흘러 석이가 열 살이 되었는데도 나는 나, 석이는 석이, 그것이 잘 안 된다. 일요일인 오늘 교회에 가야 하는데 못 갔다. 석이가 다리에 깁스를 하고 있어 두고 갈 수가 없기 때문이다. 주말에 운동하러 가고, 모임에도 가고, 경조사에도 얼굴 보여야 하는데 아무데도 못 간다.

결국 석이와 함께 하는 생활의 범위 안에서만 내 생활도 이루어지니 나는 사회에서 외톨이가 될 수밖에 없다는 생각이 든다. 힘든 일 없이 편안하게 살 수 있으면 좋으련만, 사는 것이 그리 만만한 일이 아니라는 걸 모르는 것은 아니었다.

고통도 시간이 흐르면 무덤덤해지는 것일까? 어려움이 닥칠 때마다 참고 살아보니 그냥 살아지는 것 같다. 사람마다 살아가는 방법이 서로 다른데, 나는 한평생 석이와 씨름하다가 그야말로 이름 없이, 아무 것도 남기는 것 없이 그냥 살다 갈 것 같다.

자다가 콧물이 많이 나서 잠을 깼다. 갑자기 앨러지 현상이 일어난 것이다. 빈속에 약을 먹을 수 없어서 이른 아침밥을 준비하다가 그릇을 하나 깼다.

나는 살림을 잘 못한다. 그릇도 잘 깨지, 다림질도 잘 못하지, 청소도 잘 안하지, 옷장도 뒤죽박죽이지, 칼질하다가 손도 잘 베지. 어머니도 내가 살림하는 것이 몸에 배지 않고 서툴다고 말씀하신다.

그러나 내 마음은 여성스러운, 평화로운 삶을 좋아한다. 유성장날이면 시장에 가서 이것저것 장 구경하기를 좋아한다. 또 내가 좋아하는 것은 계절에 맞는 음식 만들어, 깔끔한 식탁보 깐 식탁 위 하얀 그릇에 담아내는 풍경이다.

푸른집
이야기

계룡산

늦가을 어느 일요일, 교회에서 예배를 보고 돌아와 오후 내내 집에 있자니 갑갑한 생각이 들었다. 궁리 끝에 무작정 석이와 유성으로 나와 갑사행(行) 버스를 탔다.

갑사에는 계룡산을 오르려거나 이미 산에서 내려오는 사람들이 많이 있었다. 나도 석이와 함께 사람들 틈에 끼어 산을 오르기 시작했다. 그 길이 얼마나 험하고 어려운지 알지도 못하고, 조금 힘들어도 그냥 올라갈 수 있는 그런 길인 줄 알았다.

좋은 길만 있는 것이 아니었다. 개울에 징검다리가 나오면 석이를 업어 건넜다. 울퉁불퉁한 길은 더욱 험해지기 시작했다. 힘이 드는지 올라가지 않으려고 하는 석이에게 사탕을 주어가며 끌고 올라갔다. 힘들면 바위에 앉아 쉬었다 다시 올라갔다. 동학사에서 갑사로 내려오는 사람들, 또는 우리를 추월하여 올라가는 사람들이 석이를 보고는 잘 올라가라며 과자를 주기도 했다.

석이를 잡아끌고 가다 보니, 석이가 중심을 못 잡아 발목이 삐끗

하면서 몇 번이나 넘어졌다. 점점 석이가 힘들어해서 돌아갈까 생각했다. 그러나 내가 앞으로 석이를 데리고 살려면 이 정도의 어려움은 극복해야 한다는 오기가 생겨 계속 발걸음을 재촉했다.

얼마나 시간이 흘렀을까? 산에서 내려오는 사람도, 올라가는 사람도 줄어들었고, 날도 점점 저물어갔다. 억지로 산꼭대기까지 올라오긴 했는데, 언제 해가 졌는지 주위가 깜깜하고 오가던 그 많은 사람들도 다 사라지고 아무도 없다.

앞뒤 분간도 안 될 정도로 어두운 산에서 석이는 힘이 다 풀려 제대로 발을 디디지도 못한다. 업고 내려갈 수도 없다. 더구나 전 날 비가 왔기 때문에 젖은 낙엽이 한 발짝 디딜 때마다 쭉쭉 미끄러져 자칫하면 크게 다칠 수도 있는 상황이었다.

어디가 어딘지 길도 보이지 않는 상황에서 내려가는 것은 거의 불가능하다는 생각이 들었다. 남매탑 근처에 절이 있는 것을 본적이 있는데, 절을 찾아가서 자고 내일 내려갈까? 그럼 내일 학교는 어떻게 하지?

이런저런 생각을 하며 암담해 하고 있는데, 산 위에서 터벅터벅 발자국 소리가 들리더니 나무들 사이에서 장정 세 사람이 나타났다. 더 이상 지나가는 사람이 없을 줄 알았는데, 갑자기 나타난 그 분들을 보니 너무 반가웠다. 그 분들은 나와 석이를 보더니, 그냥 내려갈 수 없다고 판단한 것 같다.

석이는 이미 발이 풀려 더 이상 못 걷는다며 한 분이 석이를 들쳐 업고는 성큼성큼 내려갔다. 산에 자주 다니시는 분들 같았고, 길을 잘 알고 있는지 어둠을 헤치고 빨리빨리 내려간다. 가다가 힘들면 다른 분이 석이를 업고, 또 가다가 다른 분이 업고, 그렇게 세 분이 교대로 석이를 업고 내려갔다.

어느덧 동학사 아래에 있는 주차장까지 왔다. 미안하고 고마워 무슨 말을 해야 할지 모르는 나에게 그 분들은 아이가 아직 어리니 다음부터는 이런 힘든 산에 오지 말고 보문산으로 가면 좋을 것이라는 조언을 해주셨다. 어떻게 감사의 마음을 표하나 골몰하고 있는데, 그 분들은 벌써 저만큼 가버렸다.

석이와 좌석버스를 타고 집에 무사히 돌아왔다. 어려운 상황에서 나타나 도와주신 분들이 누구인지 이름과 주소라도 물어봤더라면 작은 선물이라도 보낼 텐데 경황이 없어 아무것도 물어보지 못한 것이 내내 마음에 걸렸다.

어두워서 얼굴도 제대로 못 보았던 고마운 세 분, 갑자기 나타나 도움을 주고 가버린 그 분들은 정말 천사가 아니었을까 하는 생각이 든다. 고마우신 세 분들, 내내 건강하고 행복하시길.

계룡산 2009

푸른집
이야기

유성 장날

모처럼 석이와 함께 유성장에 갔다. 장터가 사람들로 꽉 차 있다. 잠깐 노점에서 양말을 사는 사이에 옆에 있던 석이가 없어져 버렸다. 눈앞이 캄캄했다. 장날이라 사람들이 너무 많았고, 이 쪽 저 쪽으로 갈라지는 길이 많아 자칫하면 정말 못 찾게 되는 수도 있겠구나, 하는 두려움이 들었다.

사람들을 의식하지 않고 나는 목청을 높여 "석아, 석아!" 하면서 정신 나간 사람처럼 이리저리 뛰어 다녔다. 다행히 사람들 사이에서 어디론가 가고 있는 석이를 발견하고는 안도의 한숨을 쉬었다. 잠깐 동안이지만 엄청난 긴장을 했다.

아이를 키우는 엄마들은 모두 같겠지만, 아이에게 어떤 일이 생기면 체면이고 인품이고 모두 내팽개쳐지는 것은 어쩔 수 없는 일인 것 같다. 놀란 가슴을 쓸어안고 석이 손을 꼭 붙잡은 채 찬거리 몇 가지와 석이가 먹을 과자 등을 사가지고 집으로 왔다.

푸른집 이야기

특수학교

석이가 일곱 살이 되자, 학교에 대하여 걱정을 하게 되었다. 아이의 상태가 너무 심해 일반학교는 꿈도 꿀 수 없고, 특수학교라도 받아주면 다행이라고 생각했다. 그러나 당시 대전에는 지적장애 특수학교가 설립되기 전이어서 다른 지방의 학교를 생각해야 했다.

어느 날 같은 아파트에 사는 한 아주머니가 자기 아이는 다운증후군인데, 공주에 있는 특수학교에 보냈다고 한다. 그러면서 아이를 처음 학교 기숙사에 데려다 주고 돌아오는 길에 아이 아빠가 눈물이 솟구쳐 운전을 못하고 가로수 밑에 차를 세워 놓고 펑펑 울었다고 한다. 또 가끔 학교에 가보면 손등이나 얼굴에 다른 아이가 할퀸 자국이 있어 마음이 아프다고 한다.

그 이야기를 들으면서 '그렇게 슬픈 일이라면 절대로 아이를 떼어놓지 말아야지' 라는 생각을 하게 되었다. 그러던 차에 다행히 대전에도 공립 특수학교가 설립될 예정이라는 소식을 들었다. 일단 석이의 입학을 늦추고 2년을 더 기다려 1995년 특수학교가 개교하자 초등부 1학년에 입학시켰다.

아침에 학교에 갔다가 저녁에 집으로 돌아오는 특수학교에 석이를 보내게 된 것은 정말 다행이었다. 그렇게 아이를 떼놓지 않아도 된 것에 감사했다. 이제까지 석이를 데리고 살면서 앞이 막혀 '이젠 어떻게 하지?' 하며 걱정하는 순간 닫힌 문이 스르르 열리듯이 앞길을 열어 주는 어떤 손길이 있다는 것을 느꼈다.

추우나 더우나 아침 7시 50분에 큰길에 나가 노란 스쿨버스를 기다려 석이를 버스에 태우고, 나는 곧바로 내 차로 출근을 한다. 석이는 수업 마치면 다시 스쿨버스를 타고 친정집으로 가 있고, 저녁에 퇴근을 하면서 내가 석이를 데리고 다시 아파트로 돌아온다. 그렇게 하루하루 바쁘게 생활해야 했지만, 석이와 함께 지낼 수 있는 것이 행복했다.

석이와 함께 살면서는 평온한 날이 별로 없다. 며칠이 멀다하고 크고 작은 일이 벌어지는데, 어느 날 상상도 못할 일이 또 벌어졌다. 어처구니가 없고 당황한 나머지 나도 모르게 비명을 지르고 말았다.

마침 추석 연휴라 집으로 가져와 며칠에 걸쳐 만들어 놓은 우리반 학생 IEP 파일 두 권이 물이 가득 차 있는 고무 '다라이' 속에 들어가 있었다. 또 석이가 일을 저지른 것이다.

IEP 파일을 바로 물에서 건져 놓았지만 잉크가 번져 거의 못쓰게 되어 있었다. 그래도 거꾸로 세워 물이 빠지게 해놓았다. 새로 작성하려면 또 얼마나 많은 시간이 걸려야 하는데… 한숨만 나왔다. 딸아이가 늦게 들어와 이 꼴을 보고는 아무 말도 안하고 제 방으로 들어가 버린다. 내가 힘들어하고 싸늘하니까 딸도 나에게 말 붙이기가 어려운지 그냥 못 본체 살고 있다.

마침 명절 때여서 서울에 사는 작은아버지가 오셨는데, 안타까운 마음에 차마 나를 못 보겠다고 하신다. 작은아버지는 속이 무척 깊은 분인데, 내가 힘들게 사는 것이 당신 보시기에 너무 안쓰럽다는 뜻일 것이다.

하루도 맘 편히 살 수가 없다. 오늘은 또 무슨 일을 저지르나, 두려움이 앞선다. 얼마 전에는 비디오를 고장 내서 많은 돈을 들여 고쳤고, 매일 책을 찢어서 방에 늘어놓아 하루에도 열 번은 치워야 한다.

물에 젖은 IEP 파일을 헤어드라이를 쐬어 말려 보았다. 글씨가 많이 번진 것은 다시 만들고, 웬만한 것은 그대로 두려고 한다. 다시는 일거리를 집으로 가져오지 말아야겠다.

석이와 같이 산다는 것은 그렇게 힘든 일이지만, 그래도 그 속에서 웃으며 살아야지, 다짐한다. 그래도 가끔은 허망한 마음이 든다. 오늘 하루도 그렇게 저물어가고, 세월은 그렇게 흘러가고, 그리고 늙고 병들고… 내 인생에 남겨질 것은 무엇일까.

푸 른 집
이 야 기

생 일

석이는 1985년 12월 16일에 태어났다. 매년 그 애 생일날이 되면 작은 케이크라도 사다가 축하해 주어야 하는데, 석이는 제 생일이 언제인지도 모르니 나도 안 챙겨주고 그냥 지나가는 때가 많았다.

석이가 이 세상에 태어난 것을 축하하고 기뻐해야 하지만, 석이 생일이 다가오면 그 애 임신하고 있을 때의 기억이 악몽처럼 떠오르기도 하고, 석이가 내 아들인 것이 때로는 너무도 큰 짐이고 멍에와 같은 생각이 들기도 했다.

가끔 아이가 장애가 된 원인을 묻는 분들도 있다. 그러나 이미 그렇게 된 이상 원인을 따져 무엇 하나, 하는 생각이 든다.

성경에 제자들이 "소경으로 태어난 것이 부모의 죄 때문이냐?" 고 묻자, 예수님께서는 "부모의 죄 때문이 아니라 하나님께서 하시고자 하는 일을 나타내고자 함이다"라고 하셨는데, 석이를 이 세상에 보내신 것도 하나님의 선하신 뜻이 있어서일까? 지금은 나에게 어떤 의미를 주는지 알 수 없어도 언젠가는 석이가 나에게 온 의미를 알고 감사할 수 있을까?

때로는 너무 힘들고 어렵지만, 때로는 귀엽고 사랑스러운 아이. 석이와 나는 실과 바늘처럼 떨어질 수 없는 운명이다. 차라리 석이처럼 순수한 마음으로 아무 생각도 안 하고 사는 것이 편하고 좋을 수도 있다. 나는 분명 죽을 때까지 석이를 떼어놓지 못할 것이다.

어느 날 외출했다가 석이와 함께 집으로 들어오는데, 아랫집 할머니가 내 얼굴에 수심이 가득해 보인다고 한다. 집에 들어와 거울을 보았다. 미간에는 깊은 골이 패였고, 입가에도 팔자주름이 움푹 패여 보인다. 약간은 험상궂게도 보인다. 우울한 생활, 근심 걱정하는 마음이 얼굴을 이렇게 만들었는가 보다. 나이 마흔이 넘으면 자기 얼굴은 자기가 책임을 져야 한다고 하는데 걱정이다.

십 여 년이 흐른 지금 누구 때문에 내가 불행해졌다고는 말하고 싶지 않다. 어떤 환경이 나를 행복하게, 또는 불행하게 만드는 것이 아니다. 어떤 상황에서도 나는 나일 수밖에 없다. 사람은 자기 복에 살지 남의 복에 사는 것이 아니다. 누구도 남의 행복을 빼앗아 갈 수는 없는 것이다.

얻는 것이 있으면 잃는 것도 있고, 잃는 것이 있으면 반드시 얻는 것이 있다. 내가 석이 때문에 모든 것을 잃은 것 같으나, 석이로 인해 아무나 가질 수 없는 순수한 마음을 선물로 받게 되었다. 그러니 모든 것을 잃었어도 행복할 수 있다는 생각을 갖고, 얼굴을 펴고 살도록 해야겠다.

딸

석이 보다 다섯 살 위인 딸아이를 생각하면 미안한 생각이 많이 든다. 장애 아이인 동생에게만 모든 관심이 다 가 있고, 딸은 자기 혼자 잘하라고 미뤄버렸다. 매일 석이가 저지르는 일 뒷감당하느라 지쳐있어, 딸아이에게는 말 한마디 따뜻하게 해 줄 여유가 없었다.

딸이 초등학교에 다닐 때도 나는 직장생활을 하느라 낮에 집에 없으니 그 애는 학교에 갔다가 와서는 혼자 밥 찾아 먹고 미술학원엘 갔다. 그리고는 집에 와 내가 퇴근할 때까지 친구들하고 놀고 있었다. 숙제를 봐준 기억도 없다. 딸아이는 어려서부터 스스로 하는 것에 습관을 들인 것 같다.

또 엄마들은 매일 딸의 머리를 빗겨 예쁘게 땋아주는데, 나는 아침에 석이 챙기고 출근 준비하느라 딸아이의 머리 한 번 빗겨주지 못했다. 내 딸아이는 자기 혼자 쓱쓱 두어 번 빗질을 한 다음 머리띠만 하고 학교엘 다녔다. 그 애는 초등학교 5학년쯤부터는 혼자 머리를 빗어 한 가닥으로 묶고 다녔다.

언젠가 짓궂은 남자아이들이 딸의 운동화에 물을 부어놓는 일이 있었다. 그러나 그 애는 집에 와서도 말 한마디 하지 않고 운동화를 한 켤레 더 가지고 다녔단다. 모두가 그 애가 커서야 말해서 알게 된 사실이었다.

딸아이는 고등학교 때까지 친구를 집에 데리고 온 적이 없었다. 이것도 나중에 안 일이지만, 어느 친구와 친하게 지내고 있었는데 그 아이의 엄마가 같이 놀지 못하게 해서 친구 관계가 깨진 적이 있다고 한다. 장애를 가진 형제 때문에 그런 일을 당했으니 딸아이가 얼마나 속상했을까.

그러한 어려움 때문이었는지 딸아이는 일찍 철이 들었다. 힘든 엄마에게 기쁨을 주기 위해서인지 더 열심히 공부했다. 학교 성적은 항상 상위권이었다. 중학교 3학년 때 치른 연합고사에서는 만점을 맞아 대전시 전체 수석으로 길거리에 플래카드가 걸렸다. 학원에서도 장학생으로 뽑혀 학원비도 안내고 다녔다.

그런 딸이었는데도 나는 그 애에게 잘했다는 칭찬도 인색했다. 항상 부족하다고 다그치기만 했던 것 같다. 생각해보면 내가 딸아이에게 잘 해 준 것은 하나도 없다. 그래도 그 애는 엄마가 열심히, 그리고 씩씩하게 살고 있어 고맙다는 생각을 하고 있는 것 같다.

푸른집
이야기

특수교육교사

푸른집 이야기

특수교사

석이가 장애를 가졌다는 것을 확인한 순간 하늘이 무너지고 땅이 꺼지는 듯한 충격을 받았다. 석이를 위해 이런저런 노력을 기울여 봐도 장애는 나아지지 않고 더 심해져 '이 아이를 위해서는 아무 방법도 없는 것일까' 하는 생각에 한동안 실의에 빠졌다.

석이를 처음 진단했던 재활병원 의사로부터, 석이는 특수교육을 받아야 한다는 이야기를 들었는데, 특수교육이 무엇인지, 과연 특수교육을 받으면 아이가 좋아질 수 있는지 궁금해서 특수교육에 대한 공부를 시작하였다.

특수교육 공부를 해보니 석이에 대해 막막하기만 했던 것도 어느 정도 방향이 잡혔다. 석이의 정신연령은 어느 정도 되는지, 보통의 아이들에 비해 발달이 얼마나 떨어지는지, 앞으로 어느 정도 발전할 수 있는지에 대해서도 가늠해볼 수 있게 되었다. 또 장애임을 확인하고 나니 석이의 발달지체에 대해 이상하게 보거나 화가 나지 않고 자연스럽게 인정할 수 있게 되었다.

마침(1988년) 국가에서 시행하는 특수교사자격 검정시험이 있어서 이에 응시, 특수교사 자격증을 취득하였다. 특수교사 자격증을 취득하고는 바로 장애 아이들을 가르쳐야겠다는 생각이 들었다. 그리하여 도덕교사에서 특수교사로 교과 변경을 신청하여, 1992년 9월부터 모 여자중학교의 특수학급을 맡게 되었다.

지금은 장애 학생에 대한 이해가 커지고 정부의 각종 지원도 많다. 그러나 당시 나는 비품도 별로 없는 반 칸짜리 교실에서 지능이 떨어져 수업을 따라가지 못하여 항상 소외감을 가지고 있는 여섯 명의 학생들을 따로 모아 가르치는 수준이었다.

장애 학생들은 특수학급에서 분리교육을 받고는 하루에 한 두 시간만 통합교육을 받기 위해 자기반 교실로 간다. 그런데 장애 학생들이 자기 교실로 돌아가면 친구들이 이상한 눈으로 보고 반겨주지 않는다.

장애 학생들은 화장실도 쉬는 시간에 가면 일반 학생들과 마주친다며 수업시간에 갔다. 무척 마음이 아팠다. 무엇을 어떻게 가르쳐야 할지 모든 것을 처음부터 생각해야 했다.

우선 몸과 복장을 항상 깨끗하게 하도록 했다. 친구들에게도 먼저 인사를 하라고 권했다. 청소하는 법을 가르쳐 다른 학생들보다 더 청소를 열심히 하도록 하였다. 얼마의 시간이 지나자 아이들은 자기반 교실에도 즐거운 마음으로 갔고, 친구도 많이 생겼다며 자랑을 했다.

S는 아무리 가르쳐도 한글 쓰기가 안 되고, L은 글은 겨우 읽고 쓸 수는 있지만 덧셈 뺄셈이 안 되었다. 그래서 나는 기초학습과 함께 이 학생들이 앞으로 살아가는데 필요한 것이 무엇인지를 생각하고 가르치려고 노력했다.

시내버스 번호 알기, 시계 보기, 물건 사기, 편지 부치기, 자기 의견 분명하게 말하기 등을 연습시켰다. 그 애들이 졸업할 때는 제법 의젓할 정도로 변화된 모습을 볼 수 있었다. 이 아이들은 특수학급이 있는 고등학교에 진학을 하였고, 나중에는 자립생활을 할 수 있게 되었다.

푸른집 이야기

특수학급 제자들

특수학급에서 가르쳤던 아이들이 학교를 졸업하고 7년 쯤 된 어느 날 아기를 업은 L과 Y가 나를 찾아왔다. 너무나 감격스럽고 기특했다. 마침 점심시간이라 두 제자를 학교 구내식당으로 데리고 갔다. 식당 안의 선생님들은 바로 L과 Y의 옷차림이나 아이를 안은 어색한 모습을 감지한 것 같았다. 그러나 나는 선생님들께 자랑스럽게 소개했다.

"제가 가르쳤던 제자들이예요"

선생님들 모두가 아! 하고 감탄했다. 보통의 여학생들도 결혼하여 아기를 업고 선생님을 만나러 학교에 온다는 것은 흔한 일이 아니었기 때문이다.

나는 가끔 특수학급 제자들과, 그 중 S의 어머니가 운영하는 식당에서 모여 식사하기도 하고, 월드컵 경기장으로 축구 경기를 보러 가는 등 그들과의 작은 동창회를 가졌다. L은 아직 아이가 어리기 때문에, 그리고 S는 혼자 버스를 타고 다니지 못해 내가 그 애들

집으로 가서 데리고 와야 했다. 약간은 번거롭지만, 나를 만나는 것이 그들의 즐거움이고, 나 또한 그들을 만나는 것이 즐거워 얼른 달려 나간다.

중학교가 최종학력인 그들은 마지막 선생님인 나에게 1주일이 멀다하고 전화를 해서 나의 건강을 묻기도 하고, 자기들 사는 이야기를 전해 준다. 반갑고 기특한 일이지만, 이제는 자기 또래의 친구를 사귀고, 마음 터놓고 이야기할 대상도 만들었으면 하는 바람이 있다.

S는 특히 나에게 전화를 자주 한다. 어떤 때는 1주일에 두어 번이나 전화를 걸어오는데 S가 하는 말은 언제나 똑같다

"선생님 안녕하세요? 어디 아픈 데는 없으세요? 석이도 잘 있어요? 강아지도 잘 있어요? 고양이도 잘 있어요? 선생님 보고 싶어요. 언제 뵐 수 있을까요? 사랑해요. 선생님 먼저 끊으세요."

어쩌면 전화 예절도 그렇게 바른지 모르겠다. 그런데 전화를 받을 때면 맘 한구석이 짠하다. 똘똘한 녀석이었으면 남자친구를 사귀어서 나한테 연락도 하지 않으련만, 허구한 날 나에게만 '사랑해요'를 하니 말이다. 언제 '저 남자친구 생겼어요' 하는 전화가 왔으면 좋겠다.

그러나 이들에게 선생님이란 존재가 필요하다면 나는 언제까지나 이들의 다정한 선생님이 되리라.

푸른집 이야기

특수학교

특수학교에 전근 온 지 한 달이 지났다. 이 학교에 다니는 모든 아이가 중증 장애아이고, 석이보다 더 심한 아이들도 많았다. 혼자 걷지 못하고 밥도 혼자 못 먹는 아이, 학교에 오자마자 울기 시작하여 하루 종일 우는 아이, 틈만 나면 거울이나 유리창을 깨는 아이, 수시로 자기 옷을 찢는 아이, 자기 얼굴을 마구 때리는 아이, 선생님을 때리는 아이.

그런데 이 학교 선생님들은 아무렇지도 않게 이 아이들을 받아주고, 안아주고, 손잡아 주고, 침 닦아주고, 하나하나 가르치는 것이었다. 선생님들은 모두 천사같이 보였다.

아이들은 비록 장애를 갖고 있었지만 마냥 순수하여 티가 없고, 거짓이 없고, 미움이 없어 아이들 앞에서 화를 내거나 누구를 미워하는 것은 생각도 못한다. 이렇게 천사와 같은 아이들과 생활하면서 내 마음에도 새록새록 편안함과 즐거움이 스며들었다.

비로소 내가 걸어가야 할 길이 바로 보이기 시작했고, 내 아이를 비롯한 장애아들과 함께 내 앞에 새로운 인생의 길이 열림을 느꼈다. 나도 점차 다른 선생님들처럼 아이들이 예뻐 보이고 어느새 내 마음도 편해졌다.

전에는 장애인 시설 같은 곳에서 일하는 분들은 무척 힘들 텐데 어떻게 그런 일을 할까, 하는 생각을 많이 했다. 그러나 내가 특수학교에서 근무를 해보니 말로는 표현할 수 없는 또 다른 즐거움이 숨어 있었다. 그것은 아이들과 생활하면서 나도 그 아이들처럼 마음이 순수해져 각박한 세상을 아름답게 볼 수 있는 눈이 뜨인 기적이었다.

교사로서, 장애아 부모로서 장애의 아픔을 함께 나누며 장애인들이 행복하게 살아갈 수 있도록 내가 해야 할 일은 너무나 많았다.

푸른집
이야기

특수학교 풍경

초등부 1학년 아이가 아침부터 징징대고 있다. 예쁘고 날씬한 처녀 선생님이 아이를 교무실에 데리고 와 달래느라 애를 쓴다. 찬물 한 컵을 주어도, 안아주어도 징징거리더니 냉장고에서 아이스 바 하나를 꺼내주자 빙그레 웃는다.

중등부 여자 쌍둥이 중 한 아이가 제 머리를 마구 쥐어박으며 큰 소리로 운다. 젊은 남자 담임선생님이 아이를 교무실로 데리고 와서 달랜다. 머리를 쓰다듬기도 하고, 그 애가 좋아하는 장난감을 가져다주며 달랜다.

점심시간. 고등부에서 체중이 제일 많이 나가는 남학생이 소리소리 지르며 제 얼굴을 때린다. 예쁜 여자 담임선생님이 교무실로 데리고 와서 찬물을 먹이기도 하고, 에어컨 앞에 앉게 하여 몸을 식혀준다.

오후. 초등부 6학년 아이들이 바람을 넣은 간이풀장에서 팬티만 입고 물놀이를 한다. 어떤 아이는 물에 젖은 팬티 바람으로 복도를 이리저리 뛰어 다닌다. 물놀이가 끝난 후 담임선생님이 아이들의 젖은 팬티 벗기고 옷을 갈아입힌다. 다 큰 아이들 고추도 예사로 본다.

이게 무슨 난리! 고등부 남학생 하나가 바지를 홀렁 벗고 여기저기 뛰어다니고 있다. 점잖고 우아한 여자 부장선생님이 아이를 잡으려 뛰어간다. 무더웠던 날의 학교 풍경이다. 그러나 아이들 때문에 얼굴을 찌푸린 선생님은 한 분도 없다. 그렇게 오늘 하루도 지나갔다.

모두가 천사

가을 하늘이 구름 한 점 없이 파란 물감으로 물들여 놓은 것 같다. 나뭇잎도 조금씩 퇴색의 빛이 더해진다. 가을의 한 복판에 오니 가을철 문화행사도 줄을 잇고 있다. 우리 학교도, 옆의 학교도 축제를 준비하는 시끄러운 소리가 한창이다.

우리 아이들에게는 조금 버거운 사물놀이, 부채춤, 악기 합주, 연극 등을 준비하느라 매일 매일 강행군이다. 연습하다가 안 한다고 우는 아이 달래기도 하고 야단치기도 하며 동작을 익힐 때까지 계속 반복시킨다. 돌고래 훈련시키는 것 같아 조금 회의가 들기도 한다. 하지만 힘든 것을 참아내는 것, 목적을 달성해 보는 것 등을 통해 교육적 효과가 있다.

며칠 동안은 학예발표회 준비로 너무 바빠서 하늘이 파란지, 노란지, 하늘 볼 시간도 없이 살았다.

드디어 청명한 가을날, 막이 열리고 멋진 의상을 차려입은 천사들이 무대 위로 오른다. 많은 학부모들과 손님들이 왔다. 처음부터 끝까지 감동의 연속이다. 박수가 이어지고, 눈시울을 붉히지 않은 사람이 없다.

말도 잘 못하던 아이가 연극 대사를 외워 연극을 했고, 박자도 모르는 아이가 합주를 했고, 자해가 심해 항상 자기 팔을 무는 아이가 부채춤을 추었으니 어찌 감동을 안 하겠는가? 조명 아래서 빙글빙글 부채가 돌아갈 때 아이들은 천사였다.

이 날만은 아이들을 천사로 만든 우리 선생님도, 이 아이들을 사랑으로 보살피고 아이의 변화된 모습에 감동하며 눈시울을 적시는 학부모들도 모두 천사였다.

푸른집
이야기

도예

특수학교의 고등부 학생들에게는 직업교육으로 조립, 목공, 공예 등을 가르치고 있는데, 선택교과로 도예가 있었다. 내가 특수학교에 간 지 1년이 되었을 때 도예교육을 맡고 있던 선생님이 다른 학교로 전근을 가게 되었다. 도예수업을 이을 선생님이 없어, 내가 교장선생님께 도예를 맡아 보고 싶다고 했더니 허락해주셨다.

그때까지 나는 도자기를 만들어 본 적이 없었다. 바로 도예학원에 등록을 하고는 학원 선생님께 3개월 동안만 학교에 와서 아이들 수업하는 것을 도와달라고 부탁드렸다.

도예선생님과 같이 수업을 진행하면서 아이들에게 무엇을 어떻게 가르쳐야 할지 배웠다. 유약 처리하는 것과 전기 가마 사용법도 배워 얼마가 지나자 나 혼자서도 수업을 진행할 수 있게 되었다. 그리고 퇴근 후에는 1주일에 세 번 도예학원에 가 도자기 만드는 기능을 익혀갔다.

도예시간에는 아이들에게 먼저 앞치마를 입게 하고는 자리에 앉히고 나무판을 나누어 준 후 흙 한 덩어리씩을 나무판 위에 올려 준다. 아이들은 흙을 손가락으로 눌러도 보고, 주물러도 보고, 두드려도 보고, 떼어 보고, 다시 뭉쳐 보곤 한다.

다른 수업 시간에는 10분도 못 앉아 있고 이리저리 돌아다니는 아이가 한 시간 내내 일어날 생각을 하지 않는다. 자주 짜증을 내고 우는 아이도 도예시간에는 조용히 앉아 있다. 참으로 신기하다. 부드럽고 촉촉한 흙을 주무르면서 자연스럽게 긴장감이 해소되고, 마음이 푸근해지는 안정감을 주는 것 같다.

흙은 자유자재로 형태를 만들 수 있고, 붙이고 자르고 비틀고 뜯어내고, 누르고 뭉치고 늘리는 등 마음대로 모양을 변화시킬 수 있는 장점이 있다. 그동안 아이들은 학교에서든 집에서든 '이거 하지 마라,' '저거 하지마라' 라는 이이야기만 들어오다가 무엇이든 자기 마음대로 해보라고 하니 해방감을 느끼는 것 같다.

도예수업은 수업 전에 흙 반죽을 해야 하고, 수업이 끝나면 뒷정리도 해야 하기 때문에 힘이 많이 들었다. 그러나 흙에서 무슨 신선한 기운이라도 나오는지 여러 시간 수업을 해도 피곤하기는커녕 오히려 기운이 넘쳐났다.

푸른집
이야기

생각

어느 날, 석이와 같은 반 아이의 어머니를 만났다. 아이들끼리 우산으로 장난을 하다가, 상대방 아이의 우산 끝이 자기 아이 눈 바로 밑을 찔러 너무 놀라 가슴이 철렁하였단다. 그녀는 순간적으로 "이제 더 이상은 안 돼!"라는 외마디가 나왔다고 한다.

그 어머니의 '더 이상은 안 돼'는 자기 아이도 장애아인데다가 설상가상으로 그 분도 암이 발견되어 수술한지 얼마 되지 않은 때였기 때문에 또 다른 어려움이 생긴다는 것은 자기로서 감당하기 어렵다는 뜻일 것이다.

그 순간 나도 '나에게 더 이상 힘든 것이 또 무엇이 있겠는가? 이제 더 이상 겁날 것이 무엇이겠느냐'는 생각이 잘못임을 깨달았다. 남편을 믿고 잘 살아 보려고 했으나 마음 변하면 하루 만에 남이 되는 것이고, 좋은 집 짓고 살려고 한들 그 역시 순식간에 모래성일 될 수 있는 것을.

내가 그 동안 이렇게라도 생활을 꾸려 나갈 수 있었던 것은 다행히 직장이 있었고, 친정어머니가 아이를 돌보아 주었기 때문이다. 내가 잘한 것은 하나도 없다.

살다보면 앞으로 더 어려운 일이 생길 수도 있는데, 그 때는 또 어떻게 해야 하나? 앞으로 석이를 데리고 무엇을 하며 어떻게 살아가야 하나? 머리가 아프도록 생각하고 또 생각했던 날이었다.

교회에서 연 장애아 부모 캠프에 참여한 적이 있었다. 그 때가 2월이었는데, 부모들의 기도 제목을 하나씩 이야기하는 순서가 있었다. 어머니들의 기도 제목은 새 학년이 되었을 때 좋은 담임선생님을 만나게 해달라는 것이었다. 그 기도 제목을 놓고 울면서 기도하는 어머니도 있었다. 장애아 부모들이 좋은 담임선생님을 만나는 것이 이렇게 간절한 소원이었다는 것을 알고 가슴이 아팠다.

담임선생님이 어떠냐에 따라 아이들을 마음 편하게 학교를 보낼 수도 있고, 아니면 마음 졸이며 불안한 마음으로 학교에 보내게 되기 때문인 것 같다.

특히 특수학급에 아이를 보내는 부모는 원적 학급 담임선생님이 어떤 분이냐에 따라 아이의 학교생활이 크게 달라진다고 느낀다. 아이를 잘 이해해주고 따뜻하게 돌보아 주는지, 아니면 힘든 아이로 생각하고 오히려 불편하게 생각할지에 대해 특히 많은 관심을 가지는 것 같다.

푸른집
이야기

시설

어느 날 수업 중에 초등부 아이 어머니가 아이를 데리러 왔다. 교실 사물함에서 아이가 공부하던 파일, 실내화, 체육복 등 소지품을 챙긴다. 그 어머니가 눈물을 보이면 어쩌나 했는데, 눈물을 보이지 않아 정말 다행이었다. 눈물을 보였다면 나도 울고 말았을 것이다.

검은 정장을 입고 아무 것도 모르는 아이의 손목을 잡고 교실을 나오는 그 어머니에게 무슨 말로 위로를 해야 할지 궁색했다. 아이 아버지가 얼마 전 암으로 돌아가시고 나서 한 동안은 그냥 지냈지만, 생활을 위해 자기가 일을 안 하면 안 될 형편이라는 것이다.

잠시도 누구의 보살핌 없이는 살 수 없는 아이를 데리고 일을 나갈 수가 없어 시설에 보내기 위해 학교에서 데리고 나가는 것이다. 아버지가 돌아가셨을 때는 그래도 상주라고 검은 완장을 차고 점잖게 앉아 빈소를 지켰던 아이였다.

어디로 가는지도 모르고 따라 나서는 아이를 보니 마음 한 구석이 저려온다. 내 마음이 이런데, 어머니의 마음은 얼마나 찢어질 듯

아플까? 무슨 말로 위로를 해야 할지 머뭇거리다가 그냥 잘 가시라는 인사만 하고 말았다.

어렵고 힘들게 살아가는 여자를 보고는 팔자가 세서 그렇다고들 말한다. 그러나 다시 한 번 생각해 보면, 팔자 센 여자들은 아침 일찍 일어나 종종걸음으로 뛰어다니고, 아이 챙기고, 시부모 봉양하고, 병든 남편 시중들고, 시장에서 장사하고, 자갈밭을 매기도 한다.

그런 팔자 센 여자들이 있기에, 그리고 그녀들이 열심히 살고 있기에 우리 사회가 이만큼이라도 와 있지 않나 하는 생각이 든다. 손 거칠고 손마디 굵은 그녀들이야말로 우리 사회의 진정한 어머니들이다. 그 아이의 어머니가 용기를 잃지 않고 열심히 일을 해서, 하루 빨리 사랑하는 아들과 함께 살 수 있게 되기를 빌었다.

어느 날 한 장애인 요양시설을 돌아볼 기회가 생겼다. 학교와 요양원과 수용시설이 함께 있는 곳으로, 도심에서 좀 떨어진 공기 좋은 산등성이에 위치해 있었다. 건물은 외관상으로는 튼튼하게 잘 지어져 있었지만, 여기저기 돌아보면서 마음이 착잡해졌다.

장애인들이 기거하는 곳을 가보니 커다란 방에 가구도 없이 한쪽 구석에 이불만 쌓여 있고, 여러 명의 어른들, 아이들이 하는 일 없이 옹기종기 앉아 있거나 서서 서성거리고 있었다.

TV도 없었고, 놀아줄 사람도 없이 있다가 나를 보더니 반갑다고 말을 걸어오고 손을 잡고 매달리기도 한다. 사랑에 굶주린 표정이

역력해 보여 참 안됐다는 생각이 들었다. 더 심한 중증의 아이들은 별도의 방에 있었는데, 동물원처럼 창문과 방문이 자물쇠로 잠겨 있었다. 내가 창문으로 들여다보자 아이들은 말도 걸고 손도 내밀고 하는데, 자세히 보니 그래도 석이보다는 나은 상태인 것 같았다.

석이도 이런데 오면 이렇게 갇혀서 있겠구나, 생각하니 가슴이 먹먹했다. 같이 간 석이에게 "너, 여기서 살아라"라고 하니 고개를 흔든다. 그곳을 보고 온 후 아무리 힘들어도 석이는 내가 데리고 있어야겠다는 생각을 더 굳게 하였다. 아무리 어려워도 장애인은 가족과 함께 살아야 하고, 부모가 사랑으로 돌보아야 한다는 생각을 더욱 강하게 한 날이었다.

푸른집
이야기

눈물로 씨를 뿌리는 자는

눈물 2007

어머니께서 하루는 좋아하시는 성경 구절을 벽에 붙여 놓고 싶으니 액자로 만들어 오라고 하셨다. '눈물을 흘리며 씨를 뿌리는 자는 기쁨으로 거두리로다. 울며 씨를 뿌리러 나가는 자는 정녕 기쁨으로 그 단을 가지고 돌아오리로다.' (시편 126: 5-6)이다.

나는 붓글씨를 쓰시는 분께 부탁드려서 글씨를 써 받고 표구상에 맡겨 표구를 해서 벽에 걸어 드렸더니 매우 좋아하신다.

어머니께서는 '새끼를 낳는 것은 동물도 하는 일이다. 자식을 낳아 버리는 사람은 사람도 아니니다. 자식을 낳았으면 부모가 책임지고 키워야지' 하시며 끝까지 아이를 포기하지 않도록 격려해 주시고 돌보아 주셨다. 연세가 들어 점점 연로해 가시는 어머니께서 가끔 나를 이대로 두고 어찌 눈을 감겠느냐며 눈시울을 붉히신다. 언제까지 어머니의 가슴을 아프게 하는 딸이어야 하는가 죄송한 마음이다.

지금 아이 때문에 어렵고 힘들지만 언젠가는 아이를 지켜내기를 잘 했다는 날이 꼭 올 것이고, 먼 훗날 언젠가는 기쁨의 단을 거둘 날이 있다는 것을 믿는다.

푸른집
이야기

다시 푸른집으로

푸른집
이야기

다시 푸른집으로

어느 날 유성 시장에 간 길에 유성IC 근처에 있는 푸른집에 들렀다. 다른 사람이 세 들어 살고 있어 집 안으로 들어가지는 않고 밖에서 담장 너머로 들여다보기만 했다. 감나무는 병이 들었는지 감이 하나도 달리지 않았고, 대문은 페인트가 거의 벗겨져 보기 흉하다.

뒤쪽 길로 빠져 나오는데, 그 앞은 '노은지구'라 하면서 대단위 아파트 공사를 하고 있었다. 그 공사로 전에 다녔던 길은 사라져버렸다. 길을 못 찾아 이리저리 헤매다 겨우 돌아 나왔다.

전에 내가 그 집에 살 때는 반짝반짝 윤기가 났었는데, 주인이 집을 비운지 8년이 지나니 지금의 푸른집은 폐허 그자체였다. 나무는 다 베어지고, 연못은 메워지고, 잔디밭엔 쓰레기더미가 쌓여있고, 참새 떼조차 어디로 떠난 것 같았다.

고향을 떠난 이방인 역시 피아노 치던 손가락은 거칠고 무뎌졌고 청아했던 목소리도 기어들어가 나오지 않게 되었다. 푸른집을 떠나 있는 동안 딸애는 대학에 들어가 걱정이 없게 되었으나, 석이는 덩치는 커졌지만 별로 달라진 것이 없다.

여전히 내 곁에는 보살펴야 할 석이가 있다. 여장부는 못되지만 주어진 환경 속에서 매 순간을 치열하게 살 수밖에 없는 것이 내 운명이다.

큰애가 대학생이 되었고, 석이도 점점 덩치가 커가니 피난처로 생각하고 살았던 13평 주공아파트가 너무 작고 불편했다. 어느 날 문득 푸른집에 다시 들어가 살아야겠다는 생각이 들었다. 나는 어렸을 때부터 사철 꽃 피고 새 우는 언덕 위의 집에 살고 싶은 꿈을 꾸어왔다. 결혼하고 그 꿈과 비슷한 집에서 살게 되었으나 정작 2년도 채 못 살고 나오게 된 그 집.

그동안 나를 힘들게 한 것의 하나는 푸른집에 세 들어 사는 사람으로부터 수시로 지붕에서 비가 샌다, 수도관이 터졌다 하는 전화를 받는 일이었다. 그때마다 사람을 불러 수리해야 했는데, 하다하다 나중에는 지붕까지 모두 벗겨내고 새로 기와를 교체하기까지 했으니 수리비가 집을 새로 짓는 것만큼 들었을 것이다.

어머니나 주위 사람들은 썩 기분도 좋지 않은 집을 왜 팔지 않고 돈들이고 고생하느냐고 한다. 어머니는 내가 직장엘 다니니 주택보다는 좀 넓은 아파트로 옮겨 살면 집 고치느라 신경 쓸 일 없이 편하고 좋지 않겠냐고 하셨다. 맞는 말씀이다. 하지만 화목하고 행복한 가정을 꿈꾸었던 그 집을 팔아버리면, 그 꿈까지 팔아버리는 것 같은 생각이 들었다. 푸른집은 나의 꿈이요, 희망이다. 그 집을 악착같이 지키고 싶었다.

우리 집은 반쪽짜리 가정이 되었다. 그러나 나라도 중심을 잡고 가정이라는 보금자리를 흔들림 없이 지켜나가야 한다. 그리고 늘 마음속 깊이 자리 잡고 있는 행복에 대한 꿈을 포기할 수가 없다. 그래서 언젠가는 푸른집으로 다시 들어가 살겠다던 마음을 버리지 않았다.

그러나 10년 만에 다시 그 집으로 들어가려고 하니 또 수리를 해야 해서 마음이 답답해진다. 그동안 세 사는 사람들 위주로 집 구조가 바뀌어 있어 내가 들어가 살려면 다시 수리해야 할 것이 많았다.

현재 살고 있는 아파트를 전세 놓으려니 집 보러 오는 사람 시간 맞추어 대기해야 했고, 푸른집도 제대로 공사가 진행되고 있는지 확인 감독하러 자주 들려야 했다. 나는 다시 바쁜 나날을 보내게 되었다.

드디어 도배와 장판을 끝내 한 달에 걸친 집수리 공사가 끝이 났다. 방바닥에 보일러 호스를 새로 깔고, 창문틀과 방문도 몇 개 바꾸고, 이곳저곳 페인트칠을 하고, 다락방에 올라가는 계단에 빨간 카펫도 깔고, 싱크대도 체리 빛 원목으로 새로 들여놓았다.

자동차가 집 안으로 들어올 수 있도록 대문도 큰 것으로 새로 달았다. 화장실도 수리하고, 가구도 이리저리 옮겨 자리를 확정하고는 공사 쓰레기 먼지를 털어내는 등 대청소를 했다. 몇 년에 한번 씩 이

련 지겨운 공사를 해왔다.

한때는 아름다운 집, 포근한 방, 원목 가구와 우아한 레이스 커튼 사이에서 행복이 묻어나오는 줄로 착각한 적이 있었다. 독일의 어느 영주가 30년에 걸쳐 자기 마음에 들게 아름다운 성을 지었는데, 단 3일을 그곳에서 살고 자살했다는 이야기가 있다.

집수리를 할 때면 내가 이 집에서 얼마나 살겠다고 이렇게 힘들이고 돈들이고 그러는가, 하는 생각도 많이 들었다. 하지만 죽을 때까지 아름다운 집, 그윽한 거실에 대한 꿈은 버리기 힘든 인간의 욕망일 것이다.

1991년, 무지개처럼 곱디고운 행복을 꿈꾸었던 푸른집을 떠났다가 1999년 6월 15일, 십년 만에 다시 푸른집으로 돌아왔다. 십년이면 강산이 변한다는데, 그 동안 다른 사람들이 살았고 수시로 공사를 했던 까닭에 예전의 그 집이 아니었다.

내가 좋아했던 꽃과 나무는 거의 잘려져 없어졌고, 행복을 담으려 만들었던 연못은 메워졌다. 파랗게 가꾸었던 잔디밭은 잔디 대신 깨진 병조각, 쓰레기가 가득 파묻혀 있었다.

마당과 화단은 구분이 안 될 정도로 잡초가 무성하게 자라 무릎까지 휘감긴다. 문득 폐서인 인현왕후가 살았던 집 같다는 생각이 들었다. 인현왕후가 대궐에서 쫓겨나 민가에서 살 때, 일부러 풀을 뽑지 못하게 해서 풀이 허리춤까지 자라 있었다는 이야기가 있다.

지금의 내 처지가 폐서인 같다는 생각이 들었다.

쓰레기를 치우고, 낫으로 잡초를 베고, 마구 자란 토끼풀, 질경이, 쑥 등을 손에 물집이 잡히도록 뽑았더니 이제 마당이 좀 훤해졌다. 마당 정리를 대충 끝내고는 집 안을 쓸고 닦고, 손질하고 나니 이제야 내 집에 돌아왔다는 포근한 마음이 들었다.

숨이 차게 뛰고 또 뛰고
차를 달리고 또 달려
아주 멀리 왔을 것이라고 생각했는데
이제 보니 내 집 뜰 안이다.

가도 가도 쉴 곳 없고
헤매고 다녀도 머무를 곳 없어
안락의자 하나 사 가지고
그냥 집으로 왔다.

푸른집 이야기

행 복

푸른집으로 이사 온 지 한 달이 지나니 점점 이 집이 더 좋아지기 시작한다. 저녁이면 바람이 시원하게 불어와 문밖 탁자에 나와 앉는다. 가만히 생각해 보면 새록새록 아름답게 느껴지는 것들이 많다.

십년 전 이 푸른집에는 장미가 열 그루 넘게 있었고, 라일락, 목련, 모과나무, 향나무, 등나무가 있었다. 작은 연못도 있었고, 백합, 수선화 등 예쁜 꽃들도 많았다. 그러나 내가 다른 곳으로 나가 살고 있는 동안 모두가 죽어 황무지 같이 변했다.

그런데 다시 들어와 보니 심지도 않았는데 싹이 나고 꽃이 피는 것들이 있다. 채송화, 나팔꽃, 분꽃, 맨드라미, 메리골드, 원추리, 자주달개비 등이다.

요즘 꽃들이 한창이라 얼마나 예쁜지 모른다. 심지도 않았는데 싱싱하게 잘도 피는 꽃들이 참 기특하고 사랑스럽게 보인다. 손이 아프도록 잡초를 뽑고 또 뽑았더니 지금은 잔디밭도 푸른색으로 꽉 차 보기가 좋다.

잔디밭 옆에는 강아지 집이 있다. 잘 챙겨 먹였더니 강아지 털도 기름으로 빗질한 것처럼 반질반질하다. 대추나무에 대추도 가득 열리고, 호박도 날마다 제 몸피를 늘려 간다. 집으로 돌아오면 이런 것들을 보느라 다른 생각이 날 틈이 없다.

그냥 이렇게 사는 것이 재미있다. 아파트에서는 빨래를 직사광선으로 말리지 못하는데, 여기서는 이불도 마당에 줄을 매어 햇볕에 말리니 보송보송해서 촉감이 좋다.

우리 집에서 보이는 하늘은 천문대에서 보는 하늘만큼이나 넓다. 한밤에 잔디밭에 누워 별을 보면 재미있을 것 같다. 누구 때문에 행복해지는 것이 아니라, 이런 환경 저런 처지에 있어도 어떤 마음, 무슨 생각을 가지느냐에 따라 행복은 다가올 것이다.

푸른집
이야기

식구

녹음이 우거진 초여름 어느 날, 오랜만에 석이가 좋아하는 바비큐를 준비했다. 석이의 체중이 많이 나가 염려가 되긴 하지만, 노릇노릇 고기가 구워지니 석이의 얼굴에 미소가 절로 피어오른다. 석이에게 익은 고기 몇 점을 먼저 먹이니 날름날름 잘 받아먹는다.

"맛있지? 엄마 하나 싸서 줄래?"

"응."

석이가 상추에 고기를 한 점 얹어 내 입안으로 넣어준다. 평생 세 살인 석이지만, 이렇게 내 옆에 있어 주는 것만으로도 고맙고, 또 느리지만 이렇게 조금씩 변하고 있는 것이 행복하다.

"석아! 하늘 어디 있어?" 하면 석이가 손을 번쩍 들어 하늘을 가리킨다. 나는 또 "나무 어디 있어?" 하고 묻는다. 그러면 석이는 옆에 있는 나무를 가리킨다. 석이와 정원에 나와 있을 때 나는 늘 석이에게 그렇게 묻는다. 석이와 나의 마음에 파란 하늘을 담고 한 그루의 나무를 키운다.

여름방학이 얼마 남지 않았다. 오늘은 컴퓨터 연수가 없는 날이기 때문에 푹 쉬어볼까 생각도 했지만 이것저것 미뤄두었던 일들을 하기로 했다. 은행 세 군데를 들러서 통장을 정리하고, 무좀 때문에 피부과에 다녀오고, 마침 유성 장날이라 장에 들러 필요한 것도 샀다.

요즘은 절약해야지, 하면서 살림을 한다. 진작 이랬으면 돈도 좀 모았을 것 같다. 점심 후에는 컴퓨터 공부도 하고 쉬기도 하면서 한가로운 오후를 보냈다. 지금은 해 질 무렵. 선선한 바람이 불고, 풀벌레 소리 들리고 매미도 우니 어느 집 별장도 안 부럽다.

채소밭의 고추는 어느 새 빨간색으로 물들고, 방울토마토는 제때 따지 못해 무르익어 떨어진다. 나뭇가지에 매달린 거미는 알록달록 색깔도 예쁘다. 개미, 지렁이, 달팽이, 귀뚜라미, 무당벌레들은 나의 친구. 가끔 날아오는 나비도 고맙다.

같이 사는 강아지도 정말 사랑스럽다. 어릴 때는 그렇게 앙탈을 부리고 사람 옆에만 있으려고 하더니 지금은 식구들 말을 잘 듣고 나를 너무 좋아한다. 짐승이지만 눈을 보면 뭔가 통하는 것 같아서 좋다

언제부터인가 주위 사람들이 너무 좋아졌다. 좋은 사람들뿐만 아니라 고마운 사람들이 너무 많다. 부모형제는 그렇다 치고 도예선생님, 학교의 교장 · 교감선생님, 같이 사는 옆방 아줌마, 카센터 아저씨, 교회 전도사님, 학부모님들, 모두 고마운 분들이다.

석이만 나를 힘들게 하지 않는다면 더 이상 바랄 것이 없을 것 같다. 전보다는 좀 나아졌지만 그래도 지능이 세 살 정도밖에 안 되니 항상 힘이 든다. 스스로 신변처리가 안되고 혼자 있질 못하니, 석이가 있으면 내 할 일을 거의 하지 못한다.

한 동안 피아노 앞에 앉아본 적이 없었는데, 이제는 한가하게 피아노 치면서 노래도 부르고 싶다. 〈그 집 앞〉, 〈떠나가는 배〉를 큰 소리로 불러보고 싶다.

한줄기 시원한 바람과 풀벌레 소리 앞에서
더 이상 힘들다 하지 말고
쓸쓸하다 섭섭하다 하지 말고
속상하다 하지 말고
행복이 어떤 것인지 잘은 모르겠지만
행복은 내가 못 느끼는 사이에도
그림자처럼 항상 내 옆에 있어 왔고
앞으로도 항상 내 옆에 있을 것이다.
그림자는 어두운 곳에서는 보이지 않고
밝은 곳으로 나와야 보이듯이
내 마음이 어두우면
내 옆에 있는 행복도 보이지 않으니
항상 햇빛이 비치는 밝은 곳에서
밝은 마음으로 살아야겠다.

푸른집
이야기

손님

손님이 온다고 하면 우리 집은 그때부터 비상이다. 석이가 놀면서 가위로 종이를 잘라놓은 것이 산더미처럼 쌓여 있고, 책이나 장난감이 여기저기 널려있으니 한 동안 부지런히 치워야 겨우 손님이 앉을 자리가 생긴다.

방문은 석이가 주먹으로 쳐서 움푹 들어가 있고, 화장대 위에 가지런히 놓여 있어야 할 화장품들은 신발장 위에 놓여 있다. 옷장은 문짝 하나가 떨어져나가 옷들이 다 보이니 아무리 치워도 우리 집은 감출 수가 없다.

집안의 문이란 문은 모두 잠겨 있어 열쇠로 열어야 한다. 아이가 너무 먹으려하기 때문에 냉장고는 늘 텅 비어 있다. 딸아이가 소중하게 여기는 물건들도 여지없이 망가뜨려져 있다.

가끔 나는 주변을 돌아보고는 반성을 하곤 한다. 아들과 함께 폐쇄된 공간에서 편한 그대로 생활하다보니 나도 모르게 비정상적인 생활을 하고 있는 것이 아닌가하는 생각 때문이다. 가능하면 청소도 자주하고 집안 정리도 잘 하고 싶지만, 일하랴 석이 돌보랴 쉽지가 않다.

그래도 가끔은 손님을 초대해서 식사를 대접하고 대화를 나누기도 한다. 손님을 초대하려면 음식 장만에, 청소에 힘은 들지만, 이를 계기로 집안을 청소하여 물건들이 제자리를 찾아 좋다. 집과 여자는 가꾸지 않으면 엉망이 되어 버린다고 하는데, 집은 이렇게라도 가꾸지만 막상 나는 못 가꾸고 있다.

아침부터 분주했다. 저녁에 학교의 부장선생님들을 초대했기 때문이다. 장은 어제 다 봐 놓았고, 잔디밭에 탁자와 의자를 세팅해 놓았다. 이리저리 정신없이 뛰어다니다가 아뿔싸! 돌부리에 걸려 넘어졌다. 무릎이 다쳐 피가 흐른다. 흐르는 피를 닦고 밴드를 붙이고, 아픈 다리 절룩거려가며 바비큐 준비까지 마쳤다.

손님들이 오고, 고기 구울 때까지만 해도 비가 안 오더니, 상을 다 차리고 음식을 먹으려는 순간부터 비가 내리기 시작한다. 음식들을 들고 집안으로 들어가자고 하니, 모두 천막이 있으면 천막을 치고 그냥 밖에서 먹자고 한다.

창고에 안 쓰던 천막이 있어서 줄을 매고 쳤더니 제법 훌륭했다. 더 이상 비를 맞지 않게 되었다. 비는 점점 더 세차게 내렸지만, 천막 안에서 빗소리 들어가며 음식 나누는 재미도 괜찮았다. 오신 손님들도 모두 멋진 추억이라며 좋아한다.

푸른집
이야기

바람 부는 날

언덕 위의 집은 앞뒤 가리는 것이 없어
전망이 좋고 해가 잘 들어 좋다.
또 밤에는 별이 가득 보여 좋다.
그러나 바람만 불면 상황이 달라진다.
윙윙, 웅웅, 쉥쉥, 덜컹덜컹
완전히 폭풍의 언덕이다.
평지 집은 느끼지 못할 정도의 바람도
언덕 위에서는 큰 바람이 된다.

오늘같이 바람 부는 날이면
좀 으스스하고 겁이 난다.
집이 울고 나무가 울고 세상이 다 우는 것 같다.
자연의 힘이 까불지 말라고 하는 것 같아
바람소리가 낭만적으로 받아들여지지 않는다.

이 집에서 하루 이틀 살 것도 아닌데

어떻게 바람소리를 친구처럼 받아들일 수 있을까?

바람소리는 그칠 줄 모르고 계속 이어진다.

밤새도록 언덕 위의 집을 뒤흔들 모양이다.

푸른집
이야기

인 생

나이 오십 중반이 되어보니 평생이 무척 긴 줄 알았지만, 속절없이 흘러가 버리고 마는 것임을 터득하였다. 먼 훗날, 아니 얼마 안 있어 인생을 정리하게 될 때 후회 없이 미련도 없이 담담하게, 그리고 이 세상에 왔다 가는 것이 정말 감사하고 기쁜 일이었다고 말하고 싶다. 이 세상은 살 가치가 있고, 삶은 아름다운 것이었다고 말할 수 있었으면 좋겠다.

〈인생은 아름다워〉라는 영화가 생각난다. 수용소에서 나치에게 죽임을 당해야 하는 순간에도 어린 아들에게 인생은 아름답다는 것을 보여주기 위해 갖은 노력을 하는 아빠의 눈물겨운 이야기이다.

나도 장애1급인 아들과 매일매일 힘겹게 살아가지만, 정말 인생은 아름답다고 말하고 싶다. 여전히 아침이면 새가 와서 노래하고, 뜰에는 예쁜 꽃이 나를 보고 웃고, 강아지와 고양이가 다가와서 비벼대고, 저녁이면 노을이 한 폭의 수채화를 그려주고, 밤에는 하얀 별빛이 우리 집으로 쏟아지니, 어찌 내 인생이 아름답지 않겠는가.

푸른집의 사계

푸른집 이야기

매 화

올 겨울은 따뜻한 겨울로 지나가는구나 했는데 2월 중순 들어 영하 10도에 찬바람과 함께 눈도 내리는 매서운 날씨를 보인다. 낮은 기온에 수도관이 터지지 않을까 걱정이다. 그러나 가는 겨울이 오는 봄을 어찌하랴. 내일이 입춘이니 봄도 저만치 오고 있겠지. 곧 꽁꽁 언 땅을 뚫고 새순도 올라오겠지.

겨울이면 봄을 기다리고, 봄이면 여름을 기다리고, 봄이 오는 지 가는지도 모르고 살아오다가 이제 계절의 변화를 느끼며 살 만큼 여유도 생겼다. 살아있는 것들은 계절을 따라 움츠리기도 하고 기지개를 켜기도 한다. 생명은 소중하고 아름답다.

"퇴계(退溪) 선생이 단양을 떠날 때 그 분의 짐 속엔 두향이가 준 수석 2개와 매화 화분 하나가 있었다. 퇴계 선생은 매화를 두향이 보듯 애지중지했다. 선생이 나이 들어 모습이 초췌해지자 매화에게 그 모습을 보일 수 없다면서 매화 화분을 다른 방으로 옮기라 했다."

작년에 들었던 퇴계 선생의 매화 사랑 이야기가 너무 아름다워 꽃집에 가서 매화 분재를 하나 사왔다. 집으로 가지고 올 때 분홍 꽃이 몇 개 달려 있었는데, 사온 지 며칠 안 되어 꽃이 졌다. 꽃이 아쉬워 다음 해를 위해 1년 동안 정성들여 물을 주었다.

겨울이 지나 봄이 다가오면서 매화 가지에 물이 오르더니 조그만 눈이 나오기 시작한다. 화분을 창가에 두고 꽃이 피기를 기다렸는데, 꽃은 피질 않고 잎부터 난다. 어찌된 일일까? 매화 기르는 상식이 없어 1년 동안 죽지 말라고 따뜻한 곳에 두고 물만 주어 그런지 꽃이 안 핀다. 방안이 너무 따뜻해서 그런 것일까? 알 수가 없다.

또 1년이 지나고, 이번에 올라오는 봉오리는 조금 다른 것 같다. 아직 조그맣지만 통통한 것이 꽃봉오리일 것 같은 예감이 든다. 눈이 점점 커지면서 분홍색 꽃잎이 조금씩 터져 나오는 걸 보니 확실히 꽃봉오리였다.

집에서는 꽃을 볼 시간이 없어 매화 화분을 학교에 가지고 갔다. 사무실 창가에 화분을 두니 햇살이 좋아서인지 분홍색 꽃잎이 더 빨리 터져 나오는 것 같다. 진한 분홍색 작은 꽃잎 다섯 장 가운데 수술과 암술이 얼마나 예쁘게 조화를 이루고 있는지 참 사랑스럽다.

꽃이 핀지 1주일이 지나니 시들어 간다. 가는 뒷모습까지 사랑하라는 말이 있듯이 지는 꽃잎 다 시들 때까지 봐 주었다. 이제 다시 1년을 기다려야 하니, 짧은 사랑 긴 이별인가?

매화 2006

유성에는 아직도 5일장이 선다. 손수 농사지은 채소를 가지고 나와 앉아있는 할머니의 거친 손등에 마음이 간다. 생선가게, 과일가게, 양말, 내의, 옛날통닭 등 없는 것이 없다. 보리밥, 잔치국수 파는 집은 언제나 손님이 바글거린다.

멸치국물에 양념간장만 넣은 잔치국수 한 그릇 후딱 비우고 장

구경을 하다가 발이 멈춘 곳은 언제나 꽃모종 파는 집. 오늘도 장에서 돌아오는 장바구니에는 과일 한 봉지와 작은 화분 하나 담겨 있다.

어둡고 칙칙한 겨울 동안 꽃피는 봄이 언제 올까 했는데 계절은 어김없이 바뀌어 예쁜 꽃과 녹색으로 대지를 감싸준다.

이른 아침 부쩍 많아진 참새들의 시끄럽게 짹짹거리는 소리는 바깥도 이제 살만하다는 신호로 들린다.

오늘은 세탁소에 맡길 겨울옷들을 정리하고, 구석구석 쌓인 재활용 쓰레기도 정리하고, 화분도 내놓고, 강아지 배설물도 치워야겠다. 제라늄 화분이라도 사다 놓으면 칙칙한 집안이 환해질까? 해마다 봄은 다시 오는데, 내 삶의 봄은 어디쯤 오고 있을까?

아침에 유성 시장에 상추 모종 사러 갔다가 채소 모종 몇 가지를 더 사고, 작지만 색깔 예쁜 패랭이꽃 모종을 24포기나 사 가지고 왔다.

집 뒤 텃밭에 가보니 작년 가을에 심어놓은 파가 자라고 있는데, 풀을 뽑아주지 않아 밭이 지저분하다. 풀을 뽑고 밭고랑을 만들다 힘이 모두 빠져 정작 모종들은 듬성듬성 성의 없이 심었다.

작년에 받아 놓은 꽃씨를 찾아내어 앞뜰 화단에 봉숭아와 채송화 씨를 뿌렸다. 겨우내 집안에 들어와 있었던 수생식물 항아리에서도 벌써 조그만 싹들이 올라오고 있다. 푸른집의 봄도 이제 본격적으로 온 것이다.

작년 가을 튤립 한 뿌리
잔디밭 사이 빈 땅에 심었다.
한겨울 추위에
얼어 죽지나 않을까 걱정했는데
봄이 되니 새싹이 뾰족 올라오고
꽃봉오리가 올라오더니
공원에서 본 것과 똑같은
튤립이 꽃을 피웠다.

얼어붙은 땅속에서
외롭고 힘들게 추위를 견디면서
차곡차곡 쌓였던 아픔들이
방울방울 솟아나는 핏방울처럼
한 잎 한 잎 붉은 잎이 되어
거친 대지를 물들인다.

푸른집
이야기

봄비

구름은 아직 다 걷히지 않았지만 이제 비는 그만 올 것 같다. 덧옷을 걸치고 뜰에 나가 보았다. 앞뜰 꽃잔디는 화사한 미소를 머금고 있고, 모란은 아직 열리지 않은 꽃봉오리를 내밀고 있다. 앵두나무 하얀 꽃은 이미 시들어 그 뒤에 작은 열매를 숨기고 있다. 베어낸 대추나무 밑동에서는 다시 대추나무 가지가 나오고 있었고, 잘린 석류나무 밑동에서도 다시 석류나무 가지가 자라고 있다.

어느 바람 부는 날 씨앗 휘휘 뿌려놓은 뒤뜰에서는 상추, 쑥갓, 열무, 아욱들이 소복이 올라와 서로 자리가 비좁다고 한다. 그 옆에는 하얗고 작은 딸기 꽃이 해맑은 얼굴을 드러내고 있다. 나도 신선한 공기, 맑은 이슬 머금은 한 떨기 들풀이고 싶다. 풋풋하고 아름다운 오늘 이 아침.

봄비가 내린다.
이 비가 그치면,

산등성이는 연초록 빛깔을 밀어 올리고
활짝 핀 개나리, 벚꽃들은 점점이 떨어지겠지.
오늘은 떨어진 그 꽃잎을 우표삼아
긴 편지를 쓰고 싶다.
지금은 이름도 잊어버린,
어디 사는지도 모르는 그리운 이에게
그 동안 즐겁고 행복했는지
아니면 삶이 얼마나 고단했는지
가끔은 내 생각도 했었는지.
추억은 항상 아름다운 거라지만
그리워하는 것으로만 존재할 바엔
부치지 못하는 편지 꽃잎과 함께
봄비 속에 흘려보내리라.

푸른집
이야기

넝쿨장미

햇살이 포근한 오후이다. 이제 더 이상 꽃샘추위도 파릇파릇 돋아나는 새싹들을 움츠러들게 하지 못할 것이다. 초등학교 시절 자주 놀러 갔던 한 친구네 집이 생각난다.

그 친구의 집은 동네에서 좀 떨어진 야산 중턱에 있었는데, 집 안으로 들어가려면 각가지 꽃이 피어있는 큰 정원을 지나야 했고, 거기를 지나서도 넝쿨장미 아치 두 개를 더 지나야 했다. 나는 그 넝쿨장미 아치가 너무나 멋지고 아름답게 보여 지금도 그 풍경이 잊혀 지지 않는다.

어느 날 우연히 철제 아치를 파는 것이 눈에 띄어 망설임 없이 구입하여 정원에 설치했다. 그리고 오늘 드디어 넝쿨장미 다섯 그루를 사다가 아치 양 끝에 심었다. 무럭무럭 자라 장미꽃 넝쿨이 아치 가득 필 날을 기다린다.

높은 회색 담장 두른 집
닫힌 대문은 온종일 열릴 줄 모르고
대문 밑으로 빠져나온 털북숭이 강아지
사람 그리운 듯 꼬리를 치네.
하루 종일 담 위에 걸터앉은 고양이
주인을 기다리는 그 모습 사랑스러워라.
키 큰 나무들의 무성한 잎에 가려
보이지 않는 집안
정원 하나 있을법한데,
담장 위 넝쿨장미
빨간 미소를 보내네.

푸른집
이야기

모란

우리 집의 모란은 정말 오래되었다. 내가 이 집을 사기 전부터 있었으니 30년 이상은 족히 되었을 것이다. 이 모란은 해마다 봄이 오면 어김없이 꽃이 피는데, 해가 갈수록 점점 더 화려하고 아름다워지고 있다.

5월이 되어 잔디도 파릇파릇 올라오고 뒤뜰에 고추, 상추 모종 심을 때면 모란은 그 화려한 자태를 뽐내고 은은한 향기를 내뱉으며 화단 전체를 압도한다. 꽃 크기는 커다란 접시만하고, 꽃은 붉은 자주색, 꽃잎 모양은 우아하고, 꽃술은 황금빛으로 빛난다.

옛날 임금님의 곤룡포, 가톨릭 신부님이 특별한 날에 입는 자주색 성의가 이 모란꽃 색깔에서 가져온 것이 아닌가 생각된다.

감히 어느 꽃이 그 크기나 색깔이나 형태에서 모란꽃에 견주겠는가? 모란꽃은 향기가 없는듯하지만 향기가 없는 것은 아니다. 큼지막한 우리 집 모란꽃은 장미보다도 더 달콤한 향기를 은은하게 뜰 안에 뿌리고 있다.

모란 2005

부귀와 권위의 상징이라는 모란꽃. 나는 내가 만드는 도자기 작품에 자주 모란꽃을 그려 넣고 있다. 사랑스런 모란꽃이여, 이 푸른 집에서, 내 도자기에서 영원히 피어나거라.

푸른집
이야기

여름

아침에 일어나 바로 개똥과 닭똥을 치운다. 그런 다음 채소밭, 잔디밭에 흠뻑 물을 준다. 흑장미 봉오리가 올라온다. 아침으로는 상추, 배추 뜯어다 겉절이 해 보리밥에 비벼 먹는다.

식곤증에 못이기는 척 잔디밭에 돗자리 깔고 베개 베고 누워 하늘을 본다. 눈부신 파란 하늘, 흰 구름. 새떼가 그 사이를 날아간다.

그 여름 오후에는 깻잎, 부추 뜯어 부침개 부쳐 먹는데, 참새의 지저귐마저 감미롭게 함께하니 무엇이 부러울까.

뜨거워진 열기 때문인가
밤이 되어도 집안이 후끈후끈하다.
잔디밭에 자리 깔고
베개 이불 가져와 석이에게 누워 있으라 하니
시원한 바람에 어느새 스르르 잠이 든다.
향긋한 풀내음 코끝을 간지럽히고

찌르르 풀벌레 울음소리는 여름밤의 세레나데
산들산들 바람에 가슴까지 서늘하다
감나무에 매달린 하얀 외등은 책읽기에 족하고
밥상 위에 노트북 올려놓고 글을 쓴다.
밤하늘엔 총총한 별들
깊어가는 이 밤이 더욱 신비하다.
까만 여름밤
누구에게 긴 편지를 쓰고 싶다.

푸른집
이야기

꽃밭

채송화 씨앗
먼지처럼 너무 작아
손에 잡히지가 않아서
대충 밭에 휘휘 뿌려 놓았다.
다른 꽃들은 다 싹이 나고 자라는데
채송화는 보이지 않더니
늦게야 조그만 싹이 나온다.
빨리 자라라고 매일 물을 주었다.

내 어렸을 적 우리 집 화단 맨 앞줄은
키 작은 채송화 자리.
키는 작지만 꽃 색깔이 선명하고
꽃 모양이 귀엽고 사랑스러웠다.

뜨거운 햇볕을 향해 활짝 피어나고
흐린 날이면 꽃잎을 오므리는데,
뜨거운 햇볕을 좋아하는 것이
나와 닮았다.
그래서 내가 채송화를 좋아하는지.

내 어릴 적에 여름이면 으레 봉선화 꽃잎 따다가 손톱에 물을 들이곤 했다. 봄에 봉선화 씨앗을 뿌렸더니 한여름 빨간 봉선화 꽃이 예쁘게 피었다.

봉선화 꽃 만개한 뒤 꽃잎이 하나 둘 지던 날, 봉선화 꽃잎 따서 옛 추억을 더듬었다. 꽃잎 따다가 백반 조금 넣어 작은 절구에 넣고 콩콩 찧었다. 이제 손톱 위에 올리어 잘 묶어 두고 하룻밤을 보내면 손톱이 빨갛게 물들 것이다.

그러나 거칠어지고 굵어진 손마디에 봉선화 붉은 물이 어울릴 것 같지 않아 봉선화 꽃물을 작은 그릇에 담아 냉장고에 넣어 두었다. 며칠 뒤 그 봉선화 꽃물은 우리 집에 놀러 온 20대 아가씨의 차지가 되었다.

분꽃은 올 여름에도 어김없이 피어났다. 저녁에만 피는 분꽃이라 옛날 시계가 없을 적엔 처녀들이 밖에서 놀다가 분꽃 피는 것을 보고 들어와 저녁밥을 지었다고 한다.

까만 분꽃 씨를 깨어보면 하얀 분가루 같은 것이 들어 있다. 그 옛날 여자들이 씨 안에 들어있는 이것을 모아 얼굴에 발랐다고 하는데, 사실인지는 알 수 없다.

분꽃은 하나하나의 꽃은 작은데, 한 그루에 많은 꽃이 피어난다. 화사한 꽃 색깔에 끌려 가까이 가보면 은은한 향기가 풍긴다. 싱그러우면서도 은근한 향기가 발길을 잡아놓는다. 뜨거운 대낮을 피해 저녁에 미소 짓는 분꽃은 한여름의 한줄기 바람과 같다.

푸른집
이야기

여름의 끝

지루한 장마가 그치고, 태풍도 지나가자 파랗고 높은 하늘에 뭉게구름 하나 피어났다. 태양은 자기 모습을 보여주진 않지만 이글거리는 열기로 나 여기 있음을 과시한다. 이 시간 벼이삭이 피어나고, 포도알이 영글고, 옥수수가 굵어가고, 풋감이 통통해지고, 들판의 모든 들꽃도 열매를 맺을 것이다.

미루나무 가지에 매달린 매미는 점점 더 소리를 높여 가는데, 나는 커다란 수건 한 장 덮은 채 달콤한 잠에 빠진다. 간간히 불어오는 솔바람이 좋아서인가, 나는 이 여름이 오래오래 머물기를 소망한다.

여행을 마치고 돌아와
대문을 들어서니
마당의 자동차가 낯설게 느껴진다.
강아지가 반가움에 악을 쓰며 짖는다.
오, 너밖에 없구나.

천천히 집안을 둘러보니
나팔꽃이 갈 길을 잃어
분꽃과 서광을 휘감고 있고
한여름 화려한 색깔을 뽐내던 채송화는
까만 씨앗을 품고 있다.
주먹보다 더 커져버린 열매로
석류나무 가지는 휘어져 있고
연두빛 대추는 알알이 탐스럽다.

거두어주는 이 없어
방울토마토는 땅에 떨어져 뒹굴고
주렁주렁 붉은 고추는
계절 바뀐 것을 알린다.
담 구석엔 심지도 않은 참외가
동글동글 숨어있다.
봐주거나 안 봐주거나
잘 자라고 있는 꽃과 나무들.
차라리 저희들끼리 있어
더 행복했으리라.

푸른집
이야기

부추

부추 2000

채소밭에서 하얀 꽃들이 안개처럼 피어올랐다. 부추 꽃이다. 나는 작고 하얀 꽃들을 좋아한다. 전에 아파트에 살 때는 안개꽃

씨를 사서 화분에 심어 베란다를 온통 하얗게 장식한 적도 있었다. 언제나 집을 사면 뜰에 하얀 마가레트 꽃을 가득 피우리라 생각했었다.

채소밭에 부추가 꽃을 피웠다.
처음 보는 꽃이다.
아주 조그만 하얀 꽃잎 여섯 장
별처럼 생겼다.
별처럼 생긴 작은 꽃들이 모여
한 송이를 이루고 있다.

가위 들고 나가 베어다가
고춧가루, 마늘 넣어 무치면
맛있는 부추 겉절이가 되고,
손님이 왔을 때
밀가루에 달걀 넣고 휘저어 부쳐내면
고소한 부침개가 되어주더니,
여름이 지날 무렵
하얗고 작은 꽃 피워
맑디맑은 그 순수의 모습으로
더위에 지친 내 영혼을
쉬어 가게 하는구나.

푸른집
이야기

가을

선선한 날씨에 이불을 목까지 올려 덮고 설친 잠을 자려 하니 이번에는 귀뚜라미, 풀벌레들이 새벽잠을 깨운다.

또르르 또르르, 찌르르 찌르르 합창을 하듯 들리는 귀뚜라미 소리는 오염 안 된 맑은 자연의 소리이다. 요즘은 농약을 많이 쳐서 귀뚜라미나 풀벌레가 없어졌다고 하는데, 나는 제초제를 쓰지 않은 대가로 한밤의 세레나데 감상을 선물로 받았다.

깨끗한 이슬 먹은 풀밭에서 귀뚜라미가 청아한 소리를 내듯, 내 마음에도 오염되지 않은 풀밭을 가꾸어야 내 생각과 말도 맑은 소리를 낼 수 있으리라.

장미꽃은 본래 5월에 피는데
올 가을은 유난히 따뜻하더니
11월에 장미꽃 몇 송이 피었다.

가는 해가 아쉬워

작별 인사라도 하려는 것일까.

가을 장미가 봄 장미보다 더 붉게 보이는 것은 주변이 다 시들어 가는 칙칙함 가운데 핀 붉음 때문이리라. 몇 잎 안 되는 푸른 잎들도 이제 갈색으로 변하여 떨어져 버릴 것이다. 노란 은행잎은 이미 땅에 지천으로 깔려 나뭇잎의 생을 마감하고 있다.

텃밭의 고추는 마지막 안간힘을 써서 꽃을 피워 몇 개의 고추를 더 달리게 했다. 그러나 내일이면 기온이 더 떨어진다니 더 이상 열매를 맺지는 못하리라.

노랑 고양이

우리 집은 단독주택이다 보니 가끔 쥐가 나온다. 며칠 전에는 다용도실 구석에서 쥐구멍도 발견했다. 학교에 고양이를 여러 마리 키우는 선생님이 있어 고양이를 키우고 싶다고 했더니, 고양이 동호회에 연락해서 우리 집에 입양 올 고양이를 주선해 주었다.

서울에서 보내오는 고양이라, 만나기로 한 시간에 유성 고속버스 터미널에 나갔다. 어떤 여자 분이 고양이 한 마리를 케이지에 넣어 가지고 왔다. 야생에서 살았던 길고양이인데, 임시로 그 분이 데리고 있었다고 하면서 중성화 수술도 되어 있고, 꼬리가 짧은데 원래 그런 것이 아니라 누군가 꼬리를 자른 것 같다고 말해준다.

그 분은 고양이 용품까지 이것저것 챙겨 왔다. 그 분은 고양이와 헤어지기 아쉬운지 잘 키워달라고 거듭 부탁을 한다. 나도 걱정 말라고 하고는 노랑 고양이를 건네받았다. 고양이 이름을 뭐라고 지을까 생각하다가 내가 어렸을 때 집에서 키운 고양이 이름이 '나비'여서 다시 '나비'라고 부르기로 했다.

어미 개와 강아지 여섯 마리가 있는데, 갑자기 고양이까지 들어왔으니 집 식구가 또 늘었다. 이러다 동물농장이 되는 것은 아닌지.

푸른집
이야기

닭

농촌 사는 분이 암탉 두 마리를 주었다. 그러나 닭장도 없고 닭을 키워본 적도 없어 그냥 마당에 풀어 두고 쌀과 푸성귀를 주었다. 닭들은 야생동물처럼 수풀 속에 들어가 두 마리가 서로 기대어 잠을 자고, 비가 오면 나무 밑에 들어가 비를 피하며 살았다.

한 달 쯤 지난 어느 날 화단 한쪽 구석에 알을 몇 개 낳아놓은 것을 발견했다. 둥지가 없으니 풀잎이 보드랍고 땅이 건조한 구석에 자리를 잡고 낳은 것이다. 그 후로는 매일 그 자리에 가면 알이 있어 신선한 달걀을 먹게 되었다.

가을이 되고 찬바람이 불기 시작하니 아무래도 닭장을 만들어 주어야겠기에 목수를 불러 닭장을 짓게 했다. 닭장을 짓고 보니 수탉도 같이 있으면 좋겠다는 생각이 들어 수탉을 한 마리를 사다 넣었다. 처음에는 이른 새벽의 '꼬끼오' 하고 우는 소리가 신기해서 몇 번을 우는지 세어보기도 했다.

수탉이 들어온 후로 몇 달이 지난 어느 날 암탉 두 마리 중 한 마리가 둥지에서 나오질 않는다. 처음엔 알을 낳으러 들어가 있나보다 했는데 자세히 보니 알을 품고 있다. 좋아하는 배추 잎을 갖다주어도 둥지에서 꼼짝하지 않는다.

며칠이 지난 어느 날, 암탉이 축 늘어져 있었다. 알을 품다가 먹지도 못해 기진해서 죽으면 어쩌나 걱정이 되었다. 시골이 고향인 사람들에게 암탉이 알을 품다가 죽었다는 말을 들어본 적이 있느냐고 물었더니 그런 이야기는 들어본 적이 없단다. 일단 안심을 하고 빨리 21일이 지나기만을 손꼽아 기다렸다

알을 품은 지 21일 째 되던 날, 오전에 외출을 하고 돌아오니 알을 품던 암탉이 둥지 밖으로 나와 앉아 있다. 그런데 날개 밑에는 병아리를 꽁꽁 감추고 있었다. 병아리가 몇 마리일까 궁금했다. 다음날 일어나보니 병아리 일곱 마리가 어미 닭을 종종거리며 따라다니고 있었다.

암탉은 거의 먹지도 못하고 꼼짝 없이 3주를 고생하더니 예쁜 병아리를 태어나게 했다. 정말 기뻤다. 병아리들이 자라나는 모습을 지켜보면서 마음의 여유를 찾아 잔잔한 행복을 누렸다.

푸른집
이야기

겨울

영산홍, 제라늄, 수생식물 등은 봄에 내놓았다가 여름을 보내고 늦가을에 접어들면 실내로 옮겨야 한다. 며칠 더 밖에 놓아둘까 하다가 아침 기온이 많이 내려간다기에 방으로 들여왔다.

올 여름에는 유난히 비가 많이 와서 호박이 많이 달리지 않았는데, 뒤늦게 호박이 열렸다. 그러나 아직은 덜 익어 푸른색을 띠고 있다. 그대로 두자니 서리가 내리면 그나마 못 먹게 될 것 같아 제법 무게가 나가는 커다란 호박을 세 개 따 도자기 의자에 올려놓았다.

아이가 배가 아프다고 해서 새벽에 잠을 깼다. 약을 찾으러 부엌에 들어갔는데 창밖이 낮처럼 환하게 밝아 불이 났는가하고 순간 놀랐다.

창문을 열어보니 밤새 눈이 내려 온 세상이 하얗게 변했다. 족히 10cm는 내린 것 같다. 나뭇가지 위에도, 들판에도 온통 흰 눈이 덮여 있다. 밖으로 나가 눈을 만져보고도 싶고 밟아보고도 싶었다.

그러나 자동차 다니는 소리도, 개 짖는 소리도 들리지 않는 조용한 이 새벽, 하얀 그림 속의 티가 될세라 그저 숨죽이고 바라만 보았다.

2월 중순인데도 영하의 날씨가 계속되더니
흰 눈이 펑펑 내렸다.
아직도 눈을 보면 마음이 설렌다.
괜히 하던 일 멈추고 쉬어야 할 것 같고
누구에겐가 전화도 하고 편지도 쓰고 싶다.

2월에 내리는 눈은

봄이 오면 떠나야 하는 연인의

지나간 겨울의 다 못한 사랑의 선물인가?

내일이면 녹아 물이 될지언정

오늘은 타오르는 불꽃보다도 뜨겁게 보인다.

푸른집
이야기

적극적 대처

푸른집
이야기

기록

몇 년 전부터 석이와의 일상을 기록하고 있다. 지금은 내가 석이를 돌보고 있지만 언젠가는 석이를 돌보지 못할 때가 올 것이다. 그 때 석이는 어떤 시설에 들어가 있어야 하고, 나 아닌 어떤 사람이 석이를 돌봐주게 될 것이다.

석이는 다른 사람의 도움을 받아야 한다. 석이는 자기 이름이나 나이도 말할 줄 모르고 엄마 이름도 모른다. 어디서 어떻게 자랐는지도 다른 사람에게 설명하지 못한다.

어렸을 때부터 찍어준 사진들이 많이 있는데, 앨범을 만들어 남겨 주려고 해도 그 앨범을 간직할 줄 모른다. 앨범을 주면 몇 장 넘기면서 놀다가 조금 있으면 다 찢어 버린다.

나중에 석이가 어떤 시설에서 근본도 모르는 사람이 되어 세 끼 밥이나 축내며 사육을 당할 수도 있다.

그런 석이에게 무언가 남겨주기 위한 방법으로 인터넷 카페를 만들어 석이의 일상들을 기록해 가기로 했다. 석이 어렸을 때부터 찍어놓았던 사진을 올려놓고, 석이와 지내면서 겪은 특별한 일이나 기념이 될 만한 일들을 적어놓고 있다.

인터넷 카페에 올려 놓은 자료들은 앞으로 석이를 보살펴줄 사람에게 석이가 이렇게 자랐고 이렇게 살아왔다고 건네줄 기록이며 당부이기도 하다.

푸른집
이야기

상처

석이의 머리를 자세히 보면 흉터 때문에 머리칼이 나지 않는 부분이 몇 군데 있다. 석이의 머리 상처는 모두 유리창에 부딪혀서 생긴 것들이다.

한번은 학교에서 어떤 아이가 석이를 창문 쪽으로 밀어 유리창이 깨졌고, 깨진 유리가 머리에 박히면서 피를 많이 흘렸다. 급히 병원에 데리고 가서 치료를 했는데, 상처를 바늘로 꿰매지 않고 간단히 스테플러로 찍었다.

석이는 몸에 무엇이 붙어 있으면 떼어버리기 때문에 치료를 받고 오는 차 안에서 머리에 감은 붕대를 바로 풀어버렸다. 밤에 깨어 보니 석이가 머리의 상처에 박은 스테플러 심을 다 뜯어버려 피가 줄줄 흐르고 있었다.

다음 날 아침 다시 그 병원을 찾아갔다. 의사는 상처를 보고는 또 잡아 뗄 것이므로 꿰매지 말고 그냥 두자고 한다. 석이가 자주 상처에 손을 대므로 낫지도 않고 상흔도 커졌다. 암담한 마음이 들었다.

그러나 내가 어떻게 해 줄 수도 없었고, 아이의 상처 하나 때문에 벌벌 떠는 나 자신도 속상했다. '이 정도 상처 때문에 죽지는 않을 테니 내버려두자'고 대범하게 생각하려 했지만, 밀려오는 스트레스는 어쩔 수가 없었다.

상처를 쳐다보다가 그대로 두면 안 되겠다 싶어 밤 10시에 석이를 데리고 다른 병원에 갔는데, 당직 의사가 다섯 바늘을 꿰매 주었다. 아침에 일어나 상처 꿰맨 것을 보니 석이가 밤새 세 바늘은 떼어냈지만 두 바늘은 그대로 있어 상처가 더 벌어지지는 않았다. 다행히 상처가 모두 아물 때까지 꿰맨 두 땀은 무사히 남아 있었다.

장애아 부모는 이런저런 스트레스를 참 많이도 받지만, 아이가 다칠 때 받는 스트레스가 가장 힘이 든다.

푸른집 이야기

이름표

경주로 출장을 갔다가 올라오는 길에 어머니에게서 전화가 왔다. 어머니가 일을 하고 있는 사이에 석이가 대문을 열고 밖으로 나갔다는 것이다. 대전에 도착하니 저녁 6시가 되었는데, 그때까지도 석이를 찾지 못하고 있어 우선 경찰서에 신고를 하고 다시 찾으러 다녔다.

겨울철이라 날은 빨리 어두워져 캄캄하였다. 승용차로 여기저기 다녀보았지만 석이는 보이지 않았다. 석이는 횡단보도나 신호등 자체를 모르는 아이였다. 혹시나 길을 건너다 사고가 난 것은 아닐까 걱정이 되어 유성에 있는 큰 병원에도 모두 연락을 해 보았지만 그런 아이는 없다고 한다.

밤 11시가 넘어가고 있는데 그날따라 기온이 영하로 뚝 떨어져 추웠다. 이 날 밤 안으로 못 찾으면 아이가 밖에서 얼어 죽을 수도 있겠다는 생각에 더 걱정이 되었다. 남동생 내외까지 와서 같이 석이를 찾아다녔다. 갈림길에서는 큰길로 가볼까, 골목길로 가볼까 판단이 서지 않았다. 사람 심리가 캄캄한 곳보다는 밝은 곳으로 갈 것 같아 큰길로 가보기로 결정했다. 그래서 큰길 쪽으로 돌아서 가는데 저만큼 사람이 보인다. 급히 가까이 가니 바로 석이이다.

기적이 일어난 것처럼 기뻤다. 신발은 어디다 벗어버리고 천으로 된 실내화를 신고 있었고, 얼굴은 잔뜩 겁에 질려 있었다. 입고 있는 잠바 주머니에서는 빵과 과자, 사탕이 나오고 동전도 몇 푼 나왔다. 오후 1시경에 나가 지금껏 밥도 못 먹은 줄 알았더니 오히려 배가 불룩했다.

석이가 말을 할 줄 알면 어디 갔었느냐고 물어보련만, 추측해보건대 유성에는 식당들이 많이 있었고, 아이가 아무 식당에나 들어가니 어느 마음씨 좋은 식당에서 빵도 주고, 또 다른 식당에서는 사탕도 주고 돈도 조금 준 것 같다.

아무튼 석이를 찾아서 다행이었고, 굶고 있지 않아서 다행이었다. 너무 놀라서 다시는 석이를 잃어버리지 않도록 무슨 대책이든 세워야 했다. 보통 다른 아이들은 손목에 팔찌를 차거나 목걸이를 하고 다니지만, 석이는 무슨 수를 써서라도 팔찌를 빼버리는 아이라서 몸에 거는 것은 해줄 수가 없다.

고민 고민하다가 이름표 새기는 가게에 가서 전화번호를 넣은 이름표를 100여 개 만들어 가지고 와 옷마다 꿰매놓았다. 옷이 작아서 못 입게 되거나 해져서 버리게 되면 이름표만 떼어 새로 산 옷에 다시 붙였다. 그 뒤로는 석이를 잃어버려도 석이를 본 사람들이 전화를 해주어서 안심을 하고 지내게 되었다.

푸른집
이야기

숙명

어느 날 밤, 깨어보니 석이가 잠도 안자고 밤새 일을 저질러서 집안이 온통 난리가 났다. 거실과 주방이 세제로 뒤범벅이 되었다. 치우는데 몇 시간은 족히 걸릴 것 같다.

냉장고에 들어있는 것을 꺼내 요리한다고 밀가루와 기름을 다 엎어놓았고, 달걀은 마룻바닥에 깨뜨려 놓고, 컴퓨터 방의 서랍을 열어 서랍에 들어있는 자질구레한 물건들을 모조리 꺼내 방바닥에 늘어놓았다. 모두 쓸어서 쓰레기통에 넣어버리면 빨리 치워지련만 그럴 수도 없는 일이다. 정리해가며 다 치우려면 몇 시간이 걸릴지 모르겠다.

그 동안 석이를 키우면서 이런 일들을 너무나 많이 겪어 이제는 면역이 되어 놀라지도 않는다. 그래도 이럴 때마다 엄청난 충격이 밀려드는 것은 어쩔 수 없다. 그러니 아이 아빠가 떠난 것도 일면 이해가 된다. 그도 이런 환경에서 벗어나고 싶었겠지.

그의 나이 마흔, 내 나이 서른여덟 살에 헤어질 때 나에게 이런 말을 했다. "남은 30년 다른 삶을 살아보고 싶다"고. 마음이 변한 사람 붙들고 싶지 않아 두말 안 하고 떠나보냈다. 대신 절대로 찾아오지 말라고 했다. 지금은 세월이 흘러 미운 감정도, 좋은 감정도 없다.

나도 지금까지는 어쩔 수 없는 상황에 떠밀려 살아왔지만, 이제부터는 정말 잘 살아보고 싶다. 큰 변화를 갖고 새로운 생활을 벌이려는 것이 아니라 삶을 보는 각도를 달리하겠다는 말이다. 소극적이어서, 자신감이 없어 뛰어들지 못했던 일들에 대해 이제는 더 적극성을 갖고 대처해야겠다.

헤엄을 치려면 물에 뛰어들어야 하듯, 불속에라도 뛰어들어야 무엇이든 이루어지지 않을까? 소극적인 행복, 안락보다는 적극적으로 해야 할 일에 나를 던져야겠다.

푸른집
이야기

치과 치료

석이는 어릴 때부터 벽에다 이를 부딪치는 자해를 하곤 하여 앞니 끝이 조금 깨어져 있다. 게다가 항상 밤늦게까지 무엇을 먹고도 양치질을 제대로 하지 않아 치아 관리가 어려웠다. 더군다나 석이는 아파도 별로 표현을 안 하기 때문에, 아주 심하게 아플 때까지는 내가 잘 모르고 지내는 경우가 많다.

하루는 석이가 많이 아픈지 치아를 가르치며 병원에 가자는 표시를 한다. 아무래도 더 이상 그냥 둘 수는 없을 것 같아 병원에 가기는 해야 한다. 그러나 충치 치료를 해야 하는데 치과에서 못한다고 하여 그냥 온 적이 여러 번 있었다. 치과에 가려면 또 거절당할까봐 항상 긴장이 된다.

여기저기 알아보았더니 마침 대전에 있는 원광대학교 치과병원에서 장애인에 대해 특별 진료를 해준다고 하여 원광대 치과병원으로 갔다. 병원에 도착했으나 진료시간은 조금 남아 있었다. 나는 잡지책을 보면서 기다리고 석이는 병원 이곳저곳을 살핀다. 잠시 후

치아 사진을 찍어야 하는데 그것부터 쉽질 않았다. X레이 기계 위에 올라가 가만히 있어야 하는데, 기계가 돌아가자 몸을 움직인다.

석이가 계속 움직여 제대로 X레이 찍기가 어려운 것을 알고, 간호사는 대충 알아볼 수는 있으니 되었다고 한다. 의사선생님이 보고는 이가 많이 안 좋다며 빼야 한다고 한다. 마취를 하고 잠시 간호사와 내가 석이를 붙들고 있는 사이 그리 오래지 않아 이를 뺐다. 이를 뺀 자리에서는 피가 나오기 때문에 거즈를 물고 있어야 하는데 석이는 거즈를 물고 있지 않아 피가 계속 나왔다. 석이는 흥분을 한 듯 계속 이상한 행동을 했다.

첫날은 이를 빼기만 했고, 다시 예약을 잡아 이를 해 넣기 위해 입원을 하게 되었다. 그 전날 저녁 10시 이후부터는 금식을 하고, 오후 1시에 전신마취하고 이 치료에 들어갔다. 보통 사람이라면 부분마취를 하고 치료하면 되지만, 석이는 가만히 있지 않고 계속 움직이기 때문에 전신마취를 하고 치료를 해야 한다.

오후 4시쯤 간호사가 회복실로 가보라고 한다. 석이는 고개를 뒤로 젖힌 채 잠을 자고 있는데, 가끔 크게 움직이면서 깨어나려고 한다. 원래 건강한 아이라 잘 깨어나겠지 하면서 기다렸다. 하지만 전신마취란 참 힘든 것이라는 점을 다시 한 번 알게 되었다.

정신이 좀 들어 석이를 병실로 데리고 왔지만 다시 잠을 잔다. 나도 하루 종일의 긴장으로 너무 피곤하여 보호자 매트에서 눈을 좀 붙이고 있는데 간호사가 들어와 깼다. 잠시 후에 석이도 깨어났다.

석이는 정신이 들자 물을 찾았다. 그리고 물을 조금 마시고 나서는 자꾸 집으로 가자고 조른다. 간호사는 경과를 보아야 하므로 조금 더 있으라고 하여 복도를 이리저리 거닐면서 시간을 보냈다.

옷을 미리 갈아입고 앉아 있는 석이의 눈이 힘이 없어 보인다. 그래도 이가 빠진 자리에 이를 해 넣은 모습을 보니 너무 예쁘다. 어쨌든 무사히 치아 치료가 되어 기뻤다.

푸른집 이야기

긴 밤

동지가 며칠 안 남아 그런지 밤이 정말 길다. 오후 5시면 어두어둑해서 일찍 저녁을 먹는다. 설거지 하고 놀다가 커피 마시고, 집안 청소하고 놀다가 과자 먹고, 컴퓨터하며 한참 놀다가 귤 까 먹고…. 그래도 아직 밤 10시도 안되었다. 문득 성경 구절이 생각난다.

"두드려라. 그러면 열릴 것이다."

간절히 원하면 이루어진다고 하는데, 나는 두드리기나 했는가? 간절히 구하기나 했는가? 지금의 처지를 힘들다고만 했지, 무엇을 간절히 구해본 일이 없는 것 같다. 두드렸다가 이루어지지 않으면 실망할 것이고, 그 실망이 두려워 구하지도 않은 것 같다.

산다는 것은 무엇인가? 가만히 있어도 시간은 흐르고 세월은 간다. 물에 뛰어 들든, 불속에 들어가든 죽기밖에 더 하겠는가? 나를 던져야 무엇이든 이루어지는데, 무엇이 두렵다고 언제까지 움츠리고만 있을 것인가?

기회가 올 때를 대비해서 최선을 다하는 것밖에. 밤이 깊으면 새벽이 오는 법. 빨리 동지가 지나고 낮이 길어졌으면 좋겠다.

푸른집
이야기

강아지 인형

석이 옆에는 늘 인형이 있다. 곰 인형, 강아지 인형 등. 그 중에서도 석이는 특히 강아지 인형을 좋아한다. 잘 때도 인형을 안고 자고, 어디 갈 때도 가방에 넣어가지고 간다. 어머니는 다 큰 애가 인형을 가지고 다니는 것이 보기에 좋지 않다고 하신다.

그러나 석이는 인형이 있어야 마음이 편한 것 같다. 인형이 더러워지면 세탁을 해야 하는데, 세탁도 못하게 떼를 써 석이 몰래 빨아야 한다.

어느 날 아는 선생님이 석이에게 강아지 인형을 주셨다. 개그콘서트에서 한창 유행중인 인형이라 하나 사주고 싶었는데, 마침 선물로 주셔서 감사했다.

석이는 인형을 보더니 벙글벙글 좋아하더니 어쩐 일로 공원에 가자고 한다. 다른 사람들에게 자랑하려고 그러나보다. 그런데 공원에서 석이는 뜻밖에도 강아지 인형을 땅에 내려놓더니 목줄로 매어 질질 끌고 간다.

새 인형을 땅바닥에서 끌고 가면 더러워지니 안 된다고 해도, 자꾸 끌고 가려고만 한다. 다른 사람들이 강아지를 데리고 와서 끌고 가는 것을 보고 따라하는 것이다. 살아있는 강아지와 인형 강아지를 구별하지 못하는 정말 아기 같은 석이이다.

집에 오다가 문득 여동생 집 근처를 지나면서 들러 보고 싶었지만 참았다. 전에는 자주 갔었는데 요즘은 동생 집에 잘 가지 않고 있다. 고3 수험생 있어 방해될까봐서이다. 같은 나이에 아직도 인형이나 안고 다니고, 과자 사달라고 떼쓰는 석이를 생각하면 조금 씁쓸한 생각도 든다.

사람은 평등한가? 장애인들은 지금 평등한 대우를 받으며 살고 있는가? 세상의 저울로 달면 한쪽으로 기울겠지만, 하나님 나라의 저울로 달면 절대로 기울지 않을 거란 생각을 해 본다. 인간은 서로가 사는 방법도 다르고, 서로가 다른 관심을 갖고 살지만, 태어날 때의 모습과 죽을 때의 모습은 똑같다.

지적 장애인이 아무 것도 못한다 하더라도 사회적으로 범죄를 저지르고 해를 입히는 사람보다는 낫지 않겠는가? 아픈 사람이 안 아프다 안 아프다 하면서 최면을 거는 것처럼, 이런 생각을 하는 나도 스스로 위안을 받기 위해 최면을 걸고 있는지 모르겠다.

푸른집
이야기

영화

토요일 오후, 저녁을 먹고도 별로 할일이 없어 빈둥거리다가 석이와 함께 영화를 보러 갔다. 석이와 영화를 함께 본 지도 몇 년은 된 것 같다. 전에는 석이와 영화를 보러 가면 큰 소리로 웃거나 이상한 행동을 해 다른 관객들에게 방해가 되기 때문에 다시 갈 엄두를 못 냈다. 이제 석이도 좀 컸으니 어떨까 해서 다시 시도해 본 것이다.

영화의 제목은 〈나는 공무원이다〉인데, 내용이 코믹하고 싸우는 장면이 없어 석이가 잘 볼 것 같았다. 커피와 음료수, 팝콘을 사가지고 영화관 안으로 들어갔다. 석이가 부산을 떨까봐 뒤 한쪽 구석으로 좌석을 요청했다. 석이는 좌석에 앉자마자 음료수와 팝콘을 먹었다. 영화가 끝날 때까지 천천히 먹으면 좋으련만 빠른 속도로 금방 다 먹어버린다.

웃기는 장면이 나오면 남보다 더 큰 소리로 웃고, 별로 우습지 않은 장면인데도 석이는 자주 소리를 내 웃어서 신경이 쓰였다. 그럴 때마다 작은 소리로 "조용히 해!" 하면 조금 덜 웃는다. 다른 사람에게 피해를 주는 정도는 되지 않는 것 같아 안심이 되었다.

석이에게 "재미있었니? 다음에 또 영화 보러올까?" 하니 "응" 하면서 좋아한다. 석이가 나와 같이 영화를 볼 만큼 상태가 좋아진 것 같아 기뻤다. 가끔은 석이와 함께 영화를 보러가야겠다.

석이는 비싼 음식이나 옷을 사달라고 하지는 않는다. 석이가 좋아하는 것은 TV 보는 것, 놀러가는 것, 차타고 나들이 가는 것, 놀이기구 타는 것, 도시락 싸 가지고 야외에 나가 먹는 것, 식당에서 외식하는 것 등이다. 이런 것들을 다 해 준다고 해도 정상인 아이들 키우는 것에 비하면 돈이 많이 들어가는 것은 아니다. 입시학원에서 공부하거나 개인과외를 받으면 얼마나 돈이 많이 들 것인가? 대학교 학비만 해도 얼마인가?

시간을 내어 가까운 곳이라도 드라이브하고, 뻥튀기 한 봉지 사서 나누어 먹고, 허름한 변두리 식당에라도 들어가 밥을 먹으면 정말 좋아한다. 석이를 즐겁게 해 주는 것이 곧 나의 행복이기도 하다.

푸른집
이야기

한밤중의 외출

친구 2015

잠을 자다 새벽 2시 쯤 깨어 보니 현관문이 열려 있고, 자기 방에서 자는 줄 알았던 석이가 없다. 어디로 사라졌나 하고 깜짝 놀라 밖으로 나가보니 다행히 멀리는 안 가고 내 차 옆에 석이가 서있었다.

어딘가를 가고 싶은 모양이다. 방으로 들어가 얼른 옷을 걸쳐 입고 나와 석이를 차에 태웠으나, 새벽 두 시 반에 어디로 가야할지 막막하였다. 유성온천 쪽으로 방향을 잡았다. 전깃불을 환하게 켜고 영업을 하는 편의점과 24시 해장국집들이 많이 눈에 뜨였다. 관광지라 그런지 차도 많고 한밤중에 돌아다니는 사람들도 많았다.

해장국집에도 많은 사람들이 앉아서 밥을 먹고 있다. 나도 어느 해장국집 앞에 주차를 하고 석이와 안으로 들어갔다. 대학생으로 보이는 청년 대여섯 명이 둘러앉아 술을 마시고 있었고, 한쪽에서는 젊은 연인 둘이 해장국을 후후 불며 먹고 있었다. 한밤중에 방황하는 사람들은 우리만이 아니었다.

석이와 나도 콩나물해장국을 시켜 맛있게 먹었다. 밥을 다 먹고는 석이에게 집으로 가자고 하니 순순히 따라나선다. 다시 석이를 샤워시키고 양치시키고 옷을 갈아입히고 뉘우니 바로 잠이 들었다.

푸른집 이야기

수술

석이는 어렸을 때부터 걷는데 문제가 있었다. 체중이 앞으로 쏠리면서 신발을 끌며 걷는데, 그렇게 걸으니 잘 넘어져서 무릎이 성할 날이 없다. 뒤뚱거려서 뛰지도 못한다. 뇌손상이 있어서 그런 것 같다. 체중도 많이 늘어났다. 심각한 수준이다. 먹는 것을 좋아하는데 운동은 안 하니 당연히 체중이 불어나는 것이다.

어느 새벽에 갑천 변으로 걷기 위해 나왔다. 한참을 걷다 보니 출근시간이 빠듯해 속도를 내어 걸어가자 뒤따라오던 석이가 발에 뭐가 걸리면서 넘어지고 말았다. 넘어지는 장면을 보지는 못했지만, 얼마나 세게 넘어졌는지 '딱' 하는 소리가 들렸다.

깜짝 놀라 돌아보니 석이가 넘어진 채로 고통스러워하고 있었다. 석이는 팔을 움직이지 못하고 덜덜 떨고 있었다. 제발 팔이 부러지지만 않았으면 하는 마음으로 119를 불러 병원엘 갔다. 병원에서 X레이를 찍은 결과 팔뼈가 어긋나게 부러져 있어 수술을 해야 한단다.

수술시간은 오후 4시로 잡혔다. 그때까지는 아무 것도 먹지 않고 병실에서 대기해야 한다. 여러 사람이 함께 쓰는 병실에 석이가 있기는 어려울 것 같아 1인실을 쓰기로 했다.

석이는 전신마취를 하고 수술실에 들어가서 몇 시간 만에 나왔다. 수술 부위에는 붕대가 감겨져 있었다. 손등에는 링거 바늘이 꽂혀 있는데 아무리 만지지 말라고 해도 소용이 없다. 한 시간도 안 되어 바늘을 잡아 뺀다. 의사선생님께, 석이에게 링거를 맞히기는 어려우니 먹는 약이나 다른 주사로 대신해 달라고 말씀드렸다.

밤에 석이가 자고 있어서 나도 잠깐 눈을 붙이다 일어나보니, 붕대를 모두 풀어 수술한 상처가 그대로 다 드러나 있었고, 피가 흘러 옷과 이불이 빨갛게 되어 있었다. 깜짝 놀라 간호사를 불렀다. 간호사가 수술 상처에 다시 소독을 하고는 붕대를 단단히 감아 주었다. 붕대를 풀어버리지 못하도록 밤새 지켜야 하는데 큰일이다.

석이는 수술 후에도 2주일은 입원치료를 해야 한다. 그러나 밤을 새가며 지킬 수도 없는 노릇이고, 너무 피곤해서 잠깐 눈을 붙이고 있으면 어느 틈에 붕대를 풀어버린다. 그때마다 다시 붕대를 감아주고 하길 하룻밤에 최소 열 번은 반복한다. 간호사들도 짜증이 날만 하다. 그러나 간호사들은 친절하게 "석이씨, 이제 풀지 마세요. 자꾸 풀면 큰일 나요!" 하면서 다시 소독하고 붕대를 감아준다.

나는 그때 간호사들에게서 배웠다. 나 같았으면 "자꾸 풀래! 이러면 안 되잖아! 혼날래?" 하면서 화를 냈을 것이다. 그러나 그들은 석이가 알아듣던 못 알아듣던 똑같은 어조로 다독거린다. 이제 나도 화가 나더라도 편안한 어조로 "이러면 안 되지요? 이젠 그렇게 하지마세요"라고 말해보려 한다.

석이는 병원장님이 배려해 주어서 4일 후에 퇴원하여 집에서 통원치료를 했다. 그 후에도 팔에 통 깁스를 두 달간이나 하고 있었는데, 다행히 석이가 잘 참아주었다. 두 달 후 깁스를 자르고 해방이 되기까지 석이도 나도 너무 힘들었다. 이제는 겁이 나, 석이를 데리고는 걸으러 나가지 못하고 있다.

푸른집
이야기

단독 귀가

한참을 학교에서 일하고 있는데, 낮 12가 조금 넘어 석이의 주간보호 선생님이 전화를 했다. 아이들과 공원에 산책을 나갔는데 석이를 잃어버렸다는 것이다. 다른 아이들 챙기느라 석이를 주시하지 않으면 석이가 가끔 다른 길로 새버리곤 했다.

석이가 없어진지 벌써 세 시간, 그 애가 어디를 헤매고 다니는지 걱정이 되었다. 그동안은 석이를 잃어버려도 옷에 붙어 있는 이름표를 보고 사람들이 전화를 해 주어 쉽게 찾았다. 그런데 이날따라 새 옷을 사 입히고는 미처 이름표를 붙이지 못했다.

걱정이 되어 나도 석이를 찾아 나섰다. 하상도로를 종주했다가 큰길 쪽으로 가보기도 했으나 거기서도 아이는 보이지 않았다. 어딜 가야 석이를 찾을 수 있을지 난감하였다.

일단 길가에 차를 대놓고 지인들에게 같이 석이를 찾아봐달라는 부탁 전화를 하려는데 어머니에게서 전화가 걸려왔다. 어머니 말씀이, 현관문 두드리는 소리가 나서 나갔더니 석이가 혼자 문 앞에서 있었다는 것이다.

석이는 혼자 어디를 돌아다니다가 할머니 집에 왔을까? 신기하기도 하고 반갑기도 하였다. 얼른 석이를 보러 어머니 집으로 갔다. 나는 석이를 껴안으며 "우리 석이, 신통도 하지! 할머니 집에 혼자서도 찾아오고!" 하면서 칭찬을 해주었다.

서른 살이나 되는 '어른' 에게 하는 말 치곤 웃기는 일이지만, 석이는 세 살짜리 아이 그대로이니 이보다 더한 칭찬도 받을만하다. 그러니 석이가 제대로 할머니 집으로 온 것은 일대 사건이다. 그래도 얼른 석이의 모든 옷에 이름표를 달아야겠다.

푸른집 이야기

우울증

학교 평가다 뭐다 해서 바쁜 일들이 많았는데, 언제부터인가 가끔 머리가 무겁게 아프고 마음이 불안한 증상이 생겼다. 가슴이 두근거리고 주변의 모든 일들이 걱정거리로 다가왔다. 거기에다 현기증도 나고 해서 신경정신과를 찾아갔다.

몇 가지 검사를 하고는 의사선생님과 면담을 하였는데, 스트레스가 무척 높고 우울증 증상도 조금 있다고 한다. 1주일 치 약을 처방 받아 가지고 왔는데, 병원 약을 두 번 먹고는 이래서는 안 되겠다는 생각이 들었다. 그리고는 타온 약을 모두 버리고 생활을 즐겁게 하여 극복해보기로 했다.

가까운 친구들, 선배 또는 후배들과 거의 매일 한 사람씩 만나는 식사 약속을 했다. 밥 먹고 이야기하고, 아는 한의원에 가서 보약도 한 재 지어다 먹었다. 또 유성온천에 가서 자주 목욕하고, 백화점에 들러 아낌없이 쇼핑도 하였다.

며칠 가지는 않았지만, 교회의 새벽기도에도 나가보고, 틈나면 찬송가도 부르고 성경도 읽어보았다. 마음을 즐겁게 갖기 위해 뭐든 할 수 있는 것은 다 해보자는 생각으로 노력을 했더니 어느 새 마음이 즐거워지면서 불안한 증상이 사라졌다.

그 여러 방법 중에서 가장 효과적이었던 것은 찬송가를 듣거나 따라 부르는 것이었다. 자동차 안에서, 길을 걸을 때, 또는 집에서 청소하거나 일할 때 찬송가를 들으면 마음이 편해졌다. 우울하거나 불안할 때 찬송가라는 특효약을 발견한 것은 정말 다행이었다.

우울증의 문턱에서 빠져나와 다시 즐겁게 생활할 수 있게 된 것이 너무 감사했다. 이 세상에서 아무리 중요한 것이 있다 해도 건강을 잃으면 무슨 소용이 있겠는가? 주위 사람들 챙기고 도와주고, 내 욕심 내려놓는 것이 정신 건강의 비결이다.

푸른집
이야기

온천탕

며칠 전에 삐끗한 다리가 완전히 낫질 않아 아침 일찍 온천에 가기로 했다. 나는 칼에 베거나 뜨거운 물이나 불에 데었을 때는 언제나 온천물에 목욕을 하면 빨리 나았다.

온천은 새벽 5시에 문을 연다. 5시 15분쯤 온천에 도착했는데도 벌써 많은 사람들이 탕에 몸을 담그고 있다. 잠도 설치고 이렇게 일찍 온천에 와 있는 사람들은 누구일까? 가까이 가 보면 며칠 전에 왔을 때 보았던 사람들이 많다. 그러니 그 분들은 매일 온천에 오는 것 같다.

나이는 50대에서 60대 정도로 보인다. 한 아주머니는 살이 거의 없을 정도로 말랐는데 열심히 요가를 하고 있다. 냉탕, 온탕 번갈아 들어가는 아주머니들은 대부분 살집이 넉넉하다. 이 분들은 자기들끼리 시끄럽게 이야기하며 온천욕을 즐긴다.

그중 한 아주머니가 큰 병에 커피를 타 가지고 와 다 같이 한 모금씩 나눠 마신다. 나에게도 커피를 권한다. 내가 머뭇머뭇하니 입을 대고 마셔도 괜찮다고 해서 조금 마셨다.

내가 다니는 온천에서 가장 뜨거운 탕의 물은 섭씨 44도이다. 그렇게 뜨거운데도 몇몇 사람은 개의치 않고 풍덩 몸을 담근다. 나도 다리 치료에 좋으라고 참고 뜨거운 물에 들어간다.

온천물이 폭포처럼 떨어져 안마 효과를 주는 탕도 있는데, 거기에 한번 앉으면 잘 일어나지 않는다. 그 아주머니들은 여기저기 아픈 곳이 많아 물 안마를 받아야 하나보다. 때 밀어주는 아주머니는 6시에 출근한다. 때를 밀려는 분들은 긴 평상에 드러눕는다.

나는 출근 때문에 6시가 되면 온천탕에서 나오지만, 다른 아주머니들은 훨씬 오래 온천을 즐기는 것 같다. 나도 퇴직하면 저런 분들처럼 꼭두새벽에 온천에 와 수다도 떨고, 커피도 나누어 마시고, 냉탕 온탕 넘나들며 몇 시간 놀다가 갈 것이다.

오늘 아침은 온천욕 덕분에 내 얼굴 피부도 더 보드라워진 듯 화장이 잘 먹힌다.

푸른집
이야기

활동보조 선생님

석이가 1급 장애인이기 때문에 석이를 도와주는 활동보조 선생님이 있는데 한 번은 남자 대학생이 그 일을 맡았다. 그 학생은 집이 너무 어려워 가스 배달도 해 보고, 식당 보조도 해 보고, 하여튼 안 해본 일이 없었다고 한다.

석이 혼자서는 목욕을 못하기 때문에 1주일에 두 번 유성온천에 데리고 가 석이의 목욕을 도와주는 일도 그 학생의 임무였다. 온천에 가면 석이의 옷을 벗기고, 탕에 들어가 샤워 시키고, 면도도 해주고, 때도 밀어주고 그랬을 것이다. 그 학생은 2년여 동안 그렇게 석이를 도와주었다. 그런데 갑자기 그 학생이 호주로 유학을 가게 되었다고 했다.

호주에서 대전 모 대학에 교환교수로 온 외국인 교수가 있었다 한다. 그분이 온천욕을 아주 좋아해서 석이가 이용하는 온천에 자주 들렀다고 한다. 그런데 그 온천에서 석이와 같이 온 그 대학생을 자주 보았다고 한다.

그러던 어느 날 그 교수님이 무척 궁금했는지, 이 아이가 누구인데 목욕을 시켜주는지 물었다고 한다. 그분은 너무도 성실하게 장애인을 돌보아 주는 그 모습에 감동을 받았다며, 그 학생에게 도와 줄 테니 호주로 유학을 가서 공부할 생각이 없느냐고 물었다고 한다.

그런 사연으로 그 학생이 호주로 유학을 가게 되었다는 것이다. 학생은 호주로 떠나기 전에 우리 집에 인사를 왔다. 그는 석이를 맡아 도와준 것이 자기에게는 큰 행운이 되었다며 무척 감사해 했다. 나도 기뻐서 진심으로 축하해 주었다. 우리 석이를 돌보아 주는 모든 이들에게 행운이 함께 하기를.

푸른집
이야기

딸아이

나는 지금까지 나의 이혼에 대해 잘했느니 잘못했느니 하는 생각을 해보지 않았다. 아니 그런 고민을 할 시간이나 마음의 여유가 없었다. 내 스타일은 지난 일에 연연하지 않고 현실에 충실하게 사는 편이다.

그냥 아무 생각을 할 겨를도 없이 하루하루 바쁘게, 그리고 나름대로 즐겁고 행복하게 살아왔다. 그리고 나름대로 뜻있는 일을 하기 위해 노력을 쏟고 있다. 앞으로도 남은 인생을 아쉬움도 미련도 없이 지낼 수 있으리라 믿는다.

그러나 요즘은 가끔 우울해진다. 딸아이가 남자친구를 사귀고 있다. 아직은 결혼을 생각할 단계는 아니지만, 은근히 걱정이 앞선다. 남자의 집에서 집안 문제로 결혼을 반대하면 어쩌나 하는 생각 때문이다. 그렇게 되면 딸아이가 마음에 큰 상처를 받을 것이다.

보통의 가정에서는 당연히 상대편 집안이 어떤가를 먼저 확인한다. 부모 때문에 딸에게 문제가 될 지도 몰라 마음이 아프다. 이제까지도 딸아이에게 내가 왜 이혼했는지 하는 그런 이야기를 나눈 적이 없다. 설명을 하지 않아도 그 애가 그냥 마음으로 다 읽고 있을 것이다.

그러나 이제 변명 같은 말이라도 하고 싶다. '아빠는 직장 일을 열심히 하기 위해 집에서 뒷바라지 잘 하는 여자가 필요했고, 엄마는 장애아 동생을 포기할 수 없었고, 직장도 포기할 수 없었다' 라고.

딸아이를 위해서라면 무슨 짓인들 못하겠는가만, 만약에 상대쪽의 인식이 그 정도라면 나는 딸아이 결혼자금을 몽땅 들여 미국으로 유학을 보낼 것이다. 거기 가서 공부도 더 하고, 부모와 동생의 끈에 얽매이지 않는 넓은 땅에서 자유롭게 살라고 할 것이다.

이제까지의 나의 삶이 온통 석이에게만 매달려 있어 딸아이가 언제 집에 들어오는지 언제 나가는지 알지도 못하고 살았던 것 같다. 딸아이는 대학을 졸업하고 대전의 한 종합병원에 근무하고 있었다. 그러다가 서울로 직장을 옮기게 되어 집을 떠나게 되자 나는 딸아이가 나에게 얼마나 큰 의지가 되는 존재였는지 깨달았다.

딸아이가 졸업하면 언젠가는 서울로든, 미국으로든 떠나보내야 한다는 것은 이미 결심하고 있었다. 그런데 갑자기 내 곁을 떠나게 된다고 하니 서운하기도 하고 허전하기도 해서 딸아이가 서울로 떠나기 전날 나는 이불을 뒤집어쓰고 엉엉 울었다.

그러나 그것도 하루뿐이었다. 곧 딸아이 없는 내 삶에 적응이 되었다. 그 애가 쓰던 책상도 차지하고, 그 애가 쓰다 남기고 간 화장품도 쓰고, 만지지도 못하게 했던 그 애의 옷도 가끔씩 입고 다니고 하면서 딸아이 없는 삶에 익숙해져 갔다.

자식은 언젠가는 부모 곁을 떠나게 되고, 그리고 자신의 삶을 개척해서 살아가게 된다. 그러나 굽은 나무가 선산을 지킨다고 하든가? 석이는 여전히 내 곁을 지키고 있다.

푸 른 집
이 야 기

결혼하는 딸에게

예쁜 내 딸 이제 정말로 내 품을 떠나갔구나.
결혼식 날 눈물자국으로 예쁘게 화장한 얼굴
망쳐지면 어쩌나 했는데
뭐가 그리 좋은지 생글생글 웃어
눈물 한 방울 흘리지 않고 마칠 수 있었다.
태어나 두 돌이 되기 전까지는 내가 집에만 있어
너를 돌보며 키웠지.
두 돌도 안 된 너를 외갓집에 데려다 놓았던
그때부터 너는 이미 품안의 자식이 아니었지.
우는 너를 떼어 놓고 눈물을 훔치며
참 모진 마음으로 돌아섰었지.
엄마 없는 네가 안쓰러워 장난감, 동화책을 사다 줬지만
장난감이 엄마를 대신할 수는 없었을 거야.
몸이 아픈 동생이 있으니 엄마의 관심도 못 받고
학교에서 돌아와서는 혼자 밥 찾아 먹고 학원에 가곤 했지.
숙제 한 번 못 봐주어 선생님께 손바닥 맞아가며

모녀 2014

스스로 해야 한다는 것을 깨닫고 그 버릇을 들였지.
아침에 머리 빗겨주지 못하니 항상 머리띠를 하고 다녔지.
초등학교 5학년 때 엄마와 아빠가 이혼을 해서
사춘기에 접어든 너 얼마나 충격이 컸겠는가만
탈 없이 열심히 공부해준 네가 고맙기만 하다.

너의 맘고생에 대한 보상일까
너를 잘 이해해주고 끔찍이 사랑해 주는 박 서방을 만난 것.
나도 너무나 고맙다.
네가 박 서방과 결혼하겠다고 했을 때
진실한 사랑만 있다면
더 이상 무엇이 필요할까 생각했다.

딸아, 예쁘고 의젓하게 자라주어 고맙다.
이젠 결혼을 해 한 가정을 꾸리게 되었으니
내 할 일을 다 한 것 같아 마음이 홀가분하다.
엄마의 결혼은 행복하지 못했지만
너는 행복해야지 .
결혼식 날 방긋방긋 웃던 그 얼굴 그대로
늘 행복하게 살기를 바란다.

- 2007년 9월 어느 날 엄마가

푸른집
이야기

뒷모습

딸과 손자가 서울로 가는 기차에 올랐다.
"다음 주에 또 올께!" 하여
지금은 아무렇지도 않게 보낼 수 있지만
얼마 안 있으면 미국에 먼저 가 있는
사위에게 가야 하는 딸과 손자.
그 때는 "몇 년 후에 만나자"는 말도 못하고
기약 없이 먼 길을 떠날 텐데.
지금부터 마음이 싸하니 아려온다.

그 옛날 우리 부모들은 객지로 떠나는
자식의 뒷모습을 조금이라도 오래 보려고
골목 끝까지 따라 나와 있다가
자식의 그림자까지 멀리 사라지면
뒤돌아서며 옷자락으로 눈물을 훔쳤지

이별 2014

보고 싶을 땐 언제든지 볼 수 있었고
손자의 보드라운 뺨을 만져볼 수 있었는데
이제 점점 멀어져가는 기차처럼
다른 나라로 떠나야 하는 딸과 손자.
떠나가는 사람의 뒷모습을 떠올리는 것은
아무래도 서글픈 일.
허나 떠나가는 뒷모습을 기억하며 살기보다는
기쁘게 만날 날을 기다리며 살아야겠지.

푸른집
이야기

전입생

교장으로 승진하면서 여러 가지 하는 일이 달라졌지만, 전입생을 상담하는 일도 교장으로서 중요한 일의 하나였다. 전입해 오는 학생은 내가 제일 먼저 만나게 된다. 왜 전입을 하게 되었는지, 학교에 잘 적응할 수 있는 아이인지, 어떤 문제점을 가지고 있는 것은 아닌지를 먼저 파악해야 한다.

전입 상담 때 어떤 아이는 어머니와 같이 오고, 어떤 아이는 아버지와, 어떤 아이는 할머니와 같이 오기도 한다. 전입 담당 선생님은 먼저 전입서류 중 가족사항이 기재되어 있는 주민등록등본이나 가족관계증명서를 확인한다. 중학교의 합법적인 전학은 전 가족이 이사해야만 가능하기 때문이다.

그러나 요즘 들어서는 전입생들 중 한부모만 있는 가정이 늘고 있다. 주민등록에 전 가족이 기재되어 있지 않으면 '사실확인서'라는 별도의 서류가 한 장 더 붙는데, 이혼을 해서 부모가 같이 살지 않는다든가, 아버지가 해외로 장기출장을 갔다든가 하는 내용이 기술되어 있다.

어느 날 어머니와 한 학생이 교장실로 들어오는데, 어머니는 왠지 기운이 없어 보였고 학생의 표정도 우울해 보였다. 타 지역에서 살다가 이혼으로 어머니와 아이가 대전으로 이사를 왔다고 한다.

어머니에게 "무슨 일을 하고 계세요?" 하고 물어보니 현재 일자리를 찾고 있다고 한다. 학생에게도 "무슨 과목을 좋아하니? 나중에 무엇이 되고 싶니?" 하면서 말을 건네 보았다. 다른 칭찬과 격려의 말도 해 준다. 그리고 "처음 전학 오면 친구들과 어울리기가 어려울 수도 있고 또 불편한 일이 생길 수도 있으니 그럴 땐 곧바로 담임선생님과 상담하시라"고 안내해 준다 .

바쁘다는 핑계로 내 딸아이가 학교에 다니면서 얼마나 힘들었을지 깊이 생각해보질 못했는데, 내 딸도 사춘기에 학교생활을 하면서 많이 힘들었을 것이다. 그래서 나는 교장으로서 선생님들께 특별히 요청한다.

한부모 가정의 학생, 부모 없이 조부모와 함께 사는 학생, 친구들과 잘 어울리지 못하는 외톨이 학생들에게 하루에 한 번이라도 따뜻한 말 한마디는 꼭 건네 달라고. 선생님의 따뜻한 말 한마디에 학생들은 용기를 얻어 즐겁게 학교생활을 할 수 있을 것이다.

푸른집
이야기

일중독

푸른집
이야기

열매

7월의 마지막 날
뜰에 나와 보니 감나무 잎 사이로
아기 주먹만 한 열매가 보인다.
이제 두어 달 후면 탐스럽게 익겠지.
그러나 한여름 뙤약볕을 견뎌야 하고
비바람, 태풍도 견뎌야 하고
아직 갈 길이 멀다.

내 인생의 열매는 어느 정도일까?
아기 주먹만큼은 자라고 있을까?
아니면 아직 꽃도 못 피운 것일까?
꽃만 피었다가 지고
열매는 맺지 못한 것일까?

성경에 잎만 무성하고 열매가 없는 나무는
땔감으로 불속에 던져진다고 했는데
나도 인생의 종점에서 '이렇게 살았노라'
내놓을 수 있는 열매하나 키워야 할 텐데.

우주비행사들이 우주선을 타면 시간이 그렇게 아까울 수가 없다고 한다. 우주선 한번 쏘아 올리려고 어마어마한 돈과 노력이 들었으니, 그렇게 올라간 우주에서의 시간이 얼마나 귀중했겠는가?

그러나 생각해보면 지구에서도 그와 똑같이 아까운 시간이 흘러가고 있다. 흘러간 시간은 두 번 다시 돌아오지 않는데, 이 귀중한 시간을 그냥 흘려보내서야 되겠는가.

컴퓨터 연수도 열심히 해서 점수 잘 받고, 현장연구 논문도 잘 써서 좋은 등급 받아야겠다. 내일이 종말이라 해도 감나무 한 그루 다시 심고, 텃밭에 씨앗도 뿌려야겠다. 한 땀 한 땀 수놓듯이, 한순간 한순간을 성실하게 살아야겠다.

푸른집
이야기

미국 연수

방학 때 해외여행을 다녀 온 선생님들이 작은 선물을 건네주며 여행 이야기를 들려줄 때면 너무 부러웠다. 경제적 이유보다는 석이를 돌보아야하기 때문에 내가 해외여행을 떠난다는 것은 생각할 수도 없는 일이었다.

1998년 여름방학 한 달 동안 미국에서 특수교육 전문요원 연수가 있다는 공문이 왔다. 참석하고 싶은 생각이 굴뚝같았지만 석이 때문에 망설였다. 고심 끝에 어머니께 말씀드렸더니 "내가 아직은 석이를 돌볼 만큼은 건강하니 다녀와라. 더 힘이 없어지면 못 봐 줄 텐데, 지금이라도 다녀와라!" 고 하신다.

용기를 얻어 미국 연수자를 선발하는 시험을 보았다. 다행히 연수단에 선발되어 한 달 동안 미국 연수에 참가하게 되었다. LA에 있는 대학교 기숙사에서 묵으면서 강의도 듣고, 미국 특수학교의 교육현장을 참관하고 실습하는 기회도 가졌다. 또 주말을 이용해 미국 서부의 그랜드캐년과 라스베가스도 가보며 즐겁고 뜻있는 한 달을 보냈다.

미국의 특수교육이 우리나라 특수교육과 차이나는 점은 중증의 장애학생도 일반 학생과 함께 통합수업을 받고 있는 모습이었다. 한 학생은 팔다리를 전혀 움직이지 못하고 눈만 깜빡깜빡 하면서 휠체어에 앉아 있었다. 공부한다기보다 수업을 참관하는 것 같았다.

나중에 교수님께 수업에 전혀 참여하지 못하는 그런 학생에게 수업이 무슨 의미가 있느냐고 질문했다. 교수님은, 본인이 말하거나 움직이지는 못해도 다른 학생들이 공부하는 모습을 바라만 보는 것도 의미가 있는 일이라고 대답해 주셨다.

나는 가르쳐서 알아듣고, 그래서 발전의 모습이 보일 때 교육의 효과가 있다고 생각해 왔다. 그런데 수업에 참여했다는 것만으로도 의미가 있다는 것을 새삼 깨달았다. 심한 장애가 있어도 학생 한 명 한 명에게 최선을 다해 가르쳐야겠다는 다짐을 했다.

또 미국 연수에서 전에는 들어보지 못했던 전환교육에 대해서도 알게 되었다. 학교를 마치고 사회로 나가야 하는 학생들에게 사회에 잘 적응하여 그 일원으로 살아가는데 필요한 교육을 해야 한다는 것이다. 그 동안 장애인들은 오랜 기간 특수교육을 받고도 학교를 졸업한 후 직장을 갖거나 독립해 살지 못하고 다시 가정으로 돌아가 고립된 생활을 하는 경우가 대부분이었다. 이를 지양하기 위해서는 전환교육이 필요함을 절실하게 느낀 연수였다.

1998년의 8월 한 달은 실과 바늘처럼 떨어지지 못하는 석이와 헤어져 지낸 가장 긴 시간이었다. 석이 때문에 많이 힘들었을 어머니께는 죄송했지만, 나는 미국 연수를 통해 소극적이었던 학교생활에서 한 단계 도약하여 보다 적극적으로 특수교육에 기여하고자 다짐하게 되었다.

지적장애 특수학교의 수업은 일반학교와는 크게 다르다. 중학생이라 해도 글을 읽기는커녕 말도 제대로 하지 못하는 아이들이 많다. 수업 시간에 가만히 앉아 있지 못하고 갑자기 뛰어 나가거나 책상에 자기 머리를 쿵쿵 박는 아이도 있다.

이런 아이들에게 한글이라도 깨치게 하려고 몇 년 동안 같은 단어를 반복해서 가르치기도 한다. 그러나 그렇게 해서 되는 아이도 있고 안 되는 아이도 있다. 억지로 앉아있게 해 놓고 가르치려 하면 자기 손톱을 물어뜯거나 괴성을 지르기도 한다. 그러니 억지로 가르친다고 되는 것은 아니다.

미국 연수를 다녀 온 후에도 아이들에게 더 유익하고 효과적인 교육방법을 찾기 위해 특수교육 연수가 있으면 빠짐없이 참가했다. 장애학생에 대한 교육은 이론보다는 기능적 생활 중심으로 이루어져야 한다는 것을 터득하게 되었다.

그 후 장애학생에 대한 성교육, 직업교육, 전환교육에 대해 여러 가지 연구 활동을 하였고, 연구대회에서 가장 높은 상인 '푸른 기장'을 두 번이나 받는 등 좋은 성과도 올렸다. 미국 연수가 나에게 준 자극의 결과였다.

푸른집 이야기

전환교육

석이에게 특수학교는 천국과 같은 곳이다. 스쿨버스 타고 학교에 가면 운동도 하고, 놀이도 하고, 맛있는 밥도 먹는 등 재미있게 시간을 보내고 온다. 그러나 학교를 졸업하면 갈 곳도 없고 할 일도 없다. 석이가 매일 집에 들어앉아 있을 것을 생각하면 앞이 캄캄해진다.

나는 선생님들과 전환교육연구회를 조직하여 미국에서 배웠던 전환교육을 학교에 적용시키는 연구를 했다. 아이가 졸업한 후 어디에서 무엇을 하며 살 것인가를 먼저 생각하게 하고, 그에 맞는 개별화 교육계획을 수립하고, 필요한 프로그램을 만들어 가르치는 것이다.

그러나 학교에서 아이들에게 전환교육을 받도록 가르치면서 막상 집에서는 석이에게 그렇게 하지 못하고 있다. 가끔 혼자 하도록 놓아두고 있지만, 석이는 옷이 뒤집어졌는지 바로인지를 모르고, 신발의 좌우도 구별하지 못한다. 지능이 크게 부족하기 때문이다. 옷 입을 때나 신발 신을 때 그냥 두면 제대로 하지 못하고 나오니 혼자 하라고 할 수가 없다.

석이는 아직도 화장실에 가면 뒤처리를 혼자 하지 못한다. 열다섯 살 까지도 자다가 이부자리에 오줌을 쌌다. 열다섯 살이 넘으면서 오줌을 싸는 것이 줄어들더니 스무 살 즈음에는 거의 실수하지 않는다. 석이를 키우면서 대소변만 가리게 되면 박사학위를 딴 것이라고 했는데, 이제 석이는 박사가 된 셈이다.

나이가 들면서 정서적으로도 많이 안정이 되었고, 말은 못해도 사람들과 소통은 되고 있다. 지능은 늘지 않지만 환경에 적응하고 주변 사람들과 어울려 살아가는 능력은 크게 좋아졌으니 그나마 다행이다.

그동안 '내가 아프지 말고 오래 살아야 한다. 그래서 석이를 잘 돌봐야 한다. 나를 희생해서라도 힘 되는 데까지 석이를 보살피리라' 이런 생각을 가지고 살았는데, 이제 그런 생각이 잘못되었다는 것을 깨달았다.

내가 석이보다 먼저 죽을 확률이 높은데, 내가 없으면 석이는 어떻게 살아갈 수 있을까? 생각해보니 정신이 번쩍 난다. 석이 스스로 할 수 있는 일이 별로 없으니 말이다. 안 되는 것 대신 해 주고, 바쁘다고 대신 해 주고, 그러다 보니 석이는 마냥 어린아이가 되어 있다.

이제 냉정하게 다시 생각하기로 했다. 낙숫물이 바위를 뚫고, 콩나물시루 물이 다 빠져도 콩나물은 자라듯이, 석이가 알아듣든 못 알아듣든 하나라도 차근차근 가르치도록 노력해야겠다.

푸른집 이야기

휴일 불안증

징검다리 휴일이 끝나가니 다시 불안감이 엄습해 온다. 오늘은 아무 생각 안 하고 쉬리라 생각했지만, 상추 솎아낼 때도, 풀 뽑을 때도, 물 줄 때도 마음이 편치 않다.

숙제를 하지 않고 노는 아이처럼 모두가 쉬는 날, 집안일 하면서 쉬는 것이 당연한데 왜 불안한 생각이 내 맘을 억누르는가? 대학입시, 교사 순위고사, 해외연수 선발시험, 승진 경쟁 등등 항상 밀린 숙제를 앞에 둔 사람처럼 살아왔다. 그래서 휴일에도 편히 쉬지 못하는 이런 병이 생긴 것일까?

이 병은 내가 퇴직을 하고 죽을 때까지도 계속될 것 같다. 늙어 꼬부라져 안락의자에 앉아서도 나 이거 해야 하는데, 저거 해야 하는데, 하는 것은 아닌지, 생각만 해도 끔찍하다.

내가 욕심이 많아서일까? 그러나 아직은 내가 해야 할 일 때문이지 내 이익만을 위한 욕심이라고 생각되지 않으니, 이것 또한 문제이다. 이 고질병은 언제쯤 치료될까.

어렸을 적 읽었던 동화가 생각난다.
빨간 구두를 신은 소녀가 춤을 춘다.
빙글빙글 돌면서.
신고 싶었던 빨간 구두
한번 신으면 벗을 수 없는 구두
발이 부르트고 피가 나 멈추고 싶어도
계속 춤을 추어야 한다.
결국에는 두 다리를 잘라내고야
벗게 되었다는 빨간 구두 이야기.

나는 무슨 구두를 신은 것일까
왜 구두를 벗어버리질 못하고
매일 종종걸음으로 허둥대고 있는지.
허영, 욕심
하긴 구두를 신지 않아도
아무 일을 하지 않아도 죄일러니.

푸른집 이야기

커피 한 잔

몇 달 동안 연구보고서 쓰느라 끙끙댔는데, 오늘 드디어 끝내 후련하다. 아무리 바빠도 잠은 자야지, 컴퓨터로 작업해야지, 먹기도 해야지, 줄일 시간이라곤 밥 짓는 시간뿐이라, 반찬도 국도 사다 먹고, 중국집 음식 시켜 먹었다. 아이들도 강아지도 모두 고생했다.

어제 저녁부터 비가 내리기 시작하더니 아침에는 아예 주룩주룩 내린다. 웃자란 잔디를 깎으려 했는데 또 미뤄야겠다. 빗속을 뚫고 뛰어가 개밥을 주고 닭 모이를 주었다.

해즐럿 커피 한 잔을 진하게 타 놓고, 바빠서 듣지 못했던 CD 한 장 찾아 볼륨 키워놓았다. 잃어버렸던 휴식을 찾아가는 길이다. 가스 불 위에서 냄비는 타고 있고, 전화벨, 초인종 소리는 울리고, 갑자기 내리는 소나기에 빨아 널은 빨래는 홀딱 젖고 있고, 무엇부터 먼저 해야 할지 발 동동 구르며 뛰어다녔던 하루하루.

여유를 갖지 못하고 사는 것도 욕심일 수 있고, 해야 할 일과 하지 말아야 할 일을 구분하지 못해서일 수 있고, 살아 온 날보다 살아갈 날이 짧으니 조급함이 생겨서일 수 있고, 아니면 그냥 일중독일 수 있다.

두 마리 토끼를 모두 잡으려고 할 것이 아니라, 두 마리 다 놓아주어도 아깝지 않은 마음, 조금 더러워도 조금 냄새 나도 아무렇지도 않은 마음, 지금 이대로 세상 끝이라 해도 아무 것도 필요치 않은 마음, 그런 마음으로만 살았으면….

커피 잔은 비었고 음악도 끝났지만, 오늘은 저 빗소리와 함께 꿈같은 휴식에서 깨어나지 말아야겠다.

푸른집 이야기

전근

특수학교에서 6년을 근무하다가 다시 일반학교로 전근 가던 날, 이임인사를 하고 나오는데 한 아이가 나를 빤히 쳐다보며 묻는다.

"선생님 가?"

대부분의 특수학교 아이들은 선생님이 전근을 가더라도 그게 무엇을 의미하는지 잘 모르는데, 그 아이는 내가 다른 학교로 옮겨 가는 것을 아는 눈치였다.

"응."

"가지 말지."

짧은 한마디였지만 헤어짐의 아쉬움, 붙잡고 싶은 마음, 서운한 마음이 모두 들어있다. 그 한마디에 그만 눈물이 나려고 해서 다른 말도 못하고 돌아섰다.

다른 학교로 옮겨오니 새삼 그 아이들이 정말 사랑스럽고 예뻐 자꾸 보고 싶어졌다. 그 중 한 아이인 내 아들 석이라도 저녁이면 볼 수 있다는 것이 기쁘다.

일반학교에서 맡은 내 학급에는 뇌성마비 1급 학생과 ADHD로 의심되는 학생이 있다. 뇌성마비 학생은 항상 긍정적이었고 혼자 해보려는 의지가 강했다. 이제 내가 할 일은 장애학생이 일반학교에서도 아무 문제없이 잘 다닐 수 있도록 돕는 것이다.

요즘은 가을 중간고사 기간이다. 시험시간을 알리는 종이 울리기 3분 전 쯤 시험지를 들고 감독할 교실로 갔다. 시험지를 받은 아이들은 문제를 푸느라 바쁘다.

일곱 명씩 다섯줄로 앉은 35명의 아이들을 천천히 둘러보았다. 부정행위를 할 것 같은 학생은 한 명도 없어 보인다. 알면 아는 대로 모르면 모르는 대로 열심히 문제를 풀고 있다.

하나 같이 예쁜 이름을 속으로 외워가며, 한 줄씩 한 줄씩 아이들을 바라본다. 내년이면 고등학교에 진학할 아이들이다. 2년 전 1학년일 때부터 내가 가르쳤던 아이들인데, 그 때와 지금을 비교해보니 정말 다른 아이가 되었다.

키도 많이 자랐고 몸집도 커졌지만, 정신적으로도 성숙하게 되었다. 말하는 것도 어른스러워졌다. 이해의 폭도 넓어졌다. 옳고 그름도 잘 판단하고, 공부를 왜 해야 하는지도 잘 안다. 소소한 것을 지적하지 않아도 자기가 해야 할 일은 알아서 잘 한다.

이 아이들은 장래에 어떤 사람이 될까? 진로계획에 써 낸 것처럼 외교관, 아나운서, 미용사, 약사, 선생님, 디자이너? 자기들이 원하는 것처럼 잘 되기를 바란다.

한 학생에게 눈이 멈춰진다. 얼굴이 동그라면서 통통한 아이. 이마 위 앞머리 자른 모습이 귀엽다. 내 중학교 시절이 저런 모습 아니었을까? 오랜 세월이 흘렀지만, 나에게도 분명 중학교 3학년 시절이 있었을 것이다. 이 아이들처럼 교실에서 공부도 하고 시험을 치르기도 했겠지.

그 시절의 내 나이도 이 아이들과 같았겠지만, 나보다 이 아이들이 이름도 얼굴도 더 예쁘다. 그 시절의 나보다 더 세련되고, 더 성숙하고, 더 똑똑하다.

세월은 나를 교단 위로 밀어올리고 내 자리에는 이 아이들이 앉아 있다. 얼마 안 있으면 이 아이들에게 내가 자리한 이 교단도 물려주겠지. 그들은 나보다 더 멋진 모습으로 이 교단에 서 있을 거야.

푸른집
이야기

꿈

직장 일과 석이 돌보는 일, 또 교과 연구하는 일 등으로 정신없이 보내고 있다. 시간이 나면 해보고 싶은 것들을 적어본다. 뜨거운 물에 몸 담그고 있기, 시장 구경하기, 요리하기, 피아노 치면서 노래하기, 영화 보기, 기차 여행 등등이다.

적어놓고 보니 모두가 그저 그런 일인데, 나에게는 그게 꿈과 희망이 되다니 참 바쁘게 살고 있기는 한 것 같다.

차라리 빨리 시간이 흘러 할머니가 되고 싶다. 아등바등 시간에 쫓기지 않는 여유로운 할머니, 세련되고 매력 있는 할머니, 건강하면서도 살은 찌지 않은 날씬한 할머니, 얼굴이 뽀얀 할머니 말이다.

속옷도 젊은 사람처럼 예쁜 것으로 입고, 외출복도 단정하고 품위 있게 차려입고, 얼굴에서는 항상 온화한 미소가 떠나지 않는 그런 할머니, 이게 나의 꿈이다.

푸른집
이야기

어른이 된 석이

푸른집
이야기

승진

나는 대학을 졸업하고 바로 교직에 들어온 것이 아니기 때문에 내 또래 선생님들보다 경력이 4~5년 모자란다. 또 1정 연수를 받을 때도 석이를 돌보느라 연수에 전념하지 못해서 점수가 그리 좋지 않았다. 그런 탓에 승진은 생각지도 않고 평교사로 열심히 아이들이나 가르치다가 적당한 시기에 그만두어야겠다고 생각했다.

그런데 석이의 장애로 인해 특수교육 공부를 하게 되고, 그래서 특수학교에 근무하게 되었다. 그런데 특수학교에 근무하면 승진 가산점이 있다는 것을 뒤늦게 알았다. 특수교육 교사가 부족하여 그런 제도가 만들어진 것이다. 그 가산점은 상대적으로 높았다. 연구나 연수 등의 점수도 채워야 하지만, 어쨌든 석이 덕분에 승진할 수 있는 기회를 갖게 된 것이다.

돌아가신 아버지가 했던 말씀이 생각난다. 내가 대학을 다닐 때 우리 집 형편은 그리 넉넉하지 않았다. 대학교를 졸업하고는 대학원에 진학하고 싶다고 말씀드렸더니 아버지는 선뜻 "네가 원하면 그

렇게 해라. 내가 더 힘을 내어 열심히 일할 목적이 생겨서 좋구나"라고 하셨다. 아버지의 따뜻하고 인자하신 그 말씀이 지금도 기억에 새롭다.

나는 그 때 부모가 자식을 위해 하는 일은 부모 자신을 위해서도 좋은 일이 된다는 것을 아버지를 통해 터득하였다. 내가 석이에게 베풀어준 사랑이 다시 '승진'이라는 복으로 되돌려 받게 된 것이다.

특수학교나 일반학교나 2월은, 새 학기를 앞두고 교사들의 인사이동과 업무분장, 시수 나누기, 담임 문제 등으로 뒤숭숭한 달이다. 나 역시 작년까지는 업무분장이나 시간표 작성을 할 때 내 입장을 많이 주장했던 것 같아 미안한 생각이 든다. 정년이 되면 그 때는 별것도 아닌 것을 가지고 왜 서로 신경전을 펼쳤는가 싶을 것이다.

작년에 교감 자격연수를 받고 올해 3월 1일자로 대전 모 중학교 교감으로 발령을 받았기 때문에 지금 있는 학교에서 근무할 날이 5

일 정도 밖에 남질 않았다. 토요일 오후 조용할 때 짐정리를 해야겠다 싶어 버릴 것과 가져갈 것을 분류하기 시작했다.

책꽂이에 있는 것, 서랍에 있는 것들을 꺼내 놓으니 책상 위에 한가득 차고 넘친다. 폐지로 버릴 것과 집으로 가져가야 할 것을 나누어 박스에 담아놓았다. 그동안 이런저런 서류로 복잡했던 책상 위와 책꽂이가 깨끗하게 비워진다.

교육정보부장으로 1년, 교무부장으로 3년, 이 학교에 4년 있는 동안 열심히 했고 최선을 다했다고 자부한다. 후회는 없지만 이제 관리자가 되면 학생들을 교실에서 직접 만날 수가 없다는 것이 좀 서운하다. 큰 박스는 나중에 옮기려고 교무실에 남겨두고 작은 짐 몇 개를 싣고 집으로 오는데 차 안에서 눈물이 난다.

그동안 수차 학교를 옮기면서 짐을 쌌어도 슬프거나 눈물이 난 적은 없었다. 승진을 해서 학교를 옮기게 되었는데 왜 눈물이 나는지 모르겠다. 이 학교에 4년 있으면서 정이 많이 들었나보다. 이제 정년이 십 년이 채 안 남았기 때문에 앞으로 두 학교만 더 옮기면 학교 현장을 영영 떠나게 된다. 이별, 그것은 인생의 어쩔 수 없는 긴 여정인가보다.

푸른집
이야기

나만의 시간

석이가 교회에서 주최하는 1박2일 캠프에 갔다.

석이는 관광버스 타고 놀러간다고 기다리고, 나는 석이 없는 하루 휴가를 기다렸다. 그러나 막상 석이를 보내고 나니 특별히 볼 일도, 할 일도 없다. 밀린 빨래나 할까 했더니 비가 와 그것도 못 하고, 석이가 없으니 청소할 것도 없고, 낮잠을 자려고 하나 잠도 안 온다.

컴퓨터 앞에 앉아 이리저리 뉴스, 프로축구 그런 것 뒤져보아도 별로 재미가 없어 석이 몰래 감추어 놓았던 아이스크림 하나 꺼내 먹고 나니 갑자기 정신이 멍멍해지는 것 같았다.

1박2일의 자유를 최대로 유익하게 보내야 할 텐데, 막상 할 일이 없다니! 진즉에 석이 없이도 잘 지내는 방법을 생각해 둘 걸 그랬다. 나중에 어딘가로 석이를 보내야 할 때가 온다 하더라도 정작 내가 "석이 없이는 못살아!" 할 것 같다.

석이는 내년이면 학교교육을 모두 마치게 된다. 학교 과정이 끝나면 그 다음에는 어디로 가야할까 또 걱정이다. 어렸을 때는 일 저지르고 다치는 것 때문에 걱정했는데, 나이 들어 학교 졸업을 앞두게 되니 또 다른 걱정이 마음을 무겁게 한다.

석이 반의 어떤 친구는 그룹 홈에 가기로 했다고 하는데, 석이는 그룹 홈에도 들어갈 수준이 못된다. 그룹 홈은 스스로 자기관리를 할 수 있을 정도가 되어야하기 때문이다.

석이는 덩치는 어른인데, 밥 먹는 것과 걷는 것을 제외하고는 옷 입는 것부터 세수, 양치까지 모든 것을 도와주어야 한다. 이런 석이가 갈 수 있는 곳은 중증장애인 시설인데 아직은 그런 곳에 보내기가 싫다.

아무리 좋은 시설이라 하더라도 가족과 떨어져 사는 것은 결코 행복하지 않으리라는 생각이 들기 때문이다. 또 장애인도 차별받지 않고 보통 사람들이 누리는 것 다 누리며 살 권리가 있다.

나는 석이의 행복을 위해서는 최선을 다해주고 싶다. 석이가 장애를 가지고 있지만, 나에게서 태어나길 잘 했다는 생각을 놓고 싶지 않다.

얼마 전 석이가 만 20세가 되어 학교에서 전통 성년례를 치렀다. 교장선생님이 성년이 되는 학생들을 단상 위로 올라오게 한 후 유건을 씌워주었다. 만년 세 살짜리인 석이는 성년이 무엇인지도 모르고 그냥 신이 나서 싱글벙글한다.

성년례는 아무 것도 모르는 석이에게 의미가 있는 것이 아니라 엄마인 나에게 큰 의미가 있다. 이제 석이도 만 20세가 되었는데 항상 세 살 아이로 생각하고 아기에게 해 주듯이 대하면 안 된다. 어른으로 생각하여 존중해주고, 무엇이든 스스로 할 수 있도록 기다려 주어야겠다.

그렇게 생각을 바꾸니 아이가 훨씬 어른스러워 보인다. 석이는 키도 크고 얼굴도 잘 생기고 마음도 착하다. 가끔 저녁에나 아침 일찍 공원에 가면 석이가 같이 손잡고 걸어주어 든든하다. 집에서도 덩치 큰 남자가 왔다 갔다 하니 무섭지도 않고 의지가 되기도 한다.

성년 기념으로 석이와 맥주를 한잔했다. 맥주를 잔에 따르고 건

배! 하고 잔을 부딪쳤다. 석이는 맥주를 조금 마시더니 맛이 없는지 얼굴을 찡그리고 더는 안 마신다. 억지로 권하지는 않았다.

석이가 14년 동안 다녔던 특수학교를 떠나게 되었다. 졸업은 갑자기 찾아온 것이 아니라 미리부터 예고된 것이었기에 이미 떠남에 대한 마음의 준비는 끝나 있었지만, 태연함 속에 감추어진 쓸쓸한 기분은 누구라도 금방 알아챌 수 있었으리라.

교장선생님도 졸업생들에게 축하만 할 수 없는 현실을 안타까워했다. 희망찬 미래를 향하여 즐거운 마음으로 학교를 떠나지 못하는 학부모들의 마음을 알고 계셨다.

그러나 석이가 초등부에 입학할 때는 10살이어도 잘 걷지도 못하고 신변처리도 못하는 갓난아기와 같았는데, 이제는 의젓한 청년으로 성장하여 졸업장을 받으러 단상에 서있는 모습이 대견하다. 14년 동안의 학교교육이 결코 헛되지만은 않은 것이다.

그동안 보살펴 주신 선생님들께 진심으로 감사한 마음이 들어 감사의 인사 글을 써서 보냈다.

"이번에 전공과를 졸업하게 된 이석 엄마입니다. 초등부 6년, 중등부 3년, 고등부 3년, 전공과 2년 모두 14년 동안 다녔던 학교를 떠나게 되는 마음은 이루 말할 수 없이 섭섭했습니다. 졸업생 한 명 한 명 단상에 올라가 졸업장을 받게 하여 주시고, 학생의 사진과 앞으로의 꿈을 영상으로 보여주시어 졸업을 하더라도 꿈을 향해 계속 노력하라는 메시지가 감사했습니다. 교장선생님은 졸업생들을 축하만 할 수 없는 현실이 안타까울 뿐이라며, 희망 찬 미래를 향하여 즐거운 마음으로 학교를 떠나지 못하는 학부모들의 마음을 위로해주셨습니다.

대소변을 가리지 못해 바지를 버린 아이들을 씻겨주시고 옷을 빨아 가방에 넣어주셨던 선생님 감사합니다. 조금만 다쳐도 부모보다 더 마음 아파해주셨던 선생님 감사합니다. 넘어지면 일으켜 세워주시고 부축해주시고, 침을 흘리면 닦아주신 선생님 감사합니다. 현장 체험학습 시 산에 오를 때 앞에서 붙들어주시고 뒤에서 밀어주신 선생님 감사합니다."

이렇게 조금이라도 나아지는 모습을 보려고 애써주신 모든 선생님들께 감사의 인사를 드렸다. 이제 어떤 학생은 보호작업장으로, 어떤 학생은 복지관으로, 어떤 학생은 시설로 가게 되지만, 선생님들이 마음에 심어준 꿈을 버리지 않고 살아갈 것이며, 선생님들의 아름다운 마음을 기억하며 살아갈 것이다.

푸 른 집
이 야 기

징검다리

석이가 특수학교에 다닐 때는 봄가을로 소풍을 가곤 했는데 학교를 졸업하고 나니 석이는 버스를 타고 여행할 기회가 별로 없게 되었다. 그래서 오랜만에 어느 단체를 따라 관광버스를 타고 나들이를 떠났다.

석이는 소풍을 간다고 하니 무척 좋아한다. 목적지는 영동에 있는 물한계곡. 여름에 오면 좋은 곳이라는데, 한 번도 와본 적이 없다. 그런데 삼도봉이라는 곳까지 등산을 해야 한단다.

석이는 처음에는 신나게 잘 올라갔다. 개울이 나왔다. 조그마한 개울은 석이도 쉽게 건널 수 있었지만, 징검다리까지 있는 제법 깊은 개울이 나오자 중심을 잘 잡지 못하는 석이는 물에 빠져 운동화를 다 버리고 말았다. 물에 젖은 운동화를 신은 채 한참을 더 올라갔다. 그러나 산이 점점 가팔라지자 석이는 힘들어하더니 삼도봉을 2km 정도 남겨두고는 주저앉는다.

같이 온 일행들은 끝까지 올라갔지만 석이와 나는 중간에서 김

밥을 먹고 하산하였다. 그러나 내려오는 길이 더 어려웠다. 내려오다가 몇 번을 넘어져 무릎을 깨면서 다시 개울까지 왔다. 석이가 다시 물에 빠지게 할 수는 없어서 돌을 여러 개 주어다가 촘촘히 돌다리를 놓았다. 석이는 무사히 징검다리를 밟고 건널 수 있었다.

가다가 어려우면 돌아서 가고
살다가 어려우면 쉬어서 가고
가다가 물이 있으면
돌다리를 놓아 건너자
석이랑 그렇게 살자

푸른집
이야기

안마

요즘 석이는 점점 좋아지고 있다. 내가 아침에 일어나 안경을 안 쓴 채 화장실에 가면 석이가 어느 틈에 안경을 찾아서 화장실까지 가져다준다. 설거지를 하고 있으면 등 뒤에서 안마를 해준다. 쓰레기봉투를 버리고 오라고 하면 얼른 버리고 온다. 참 신기한 일이다.

아침에 세수하고 양치할 때 가끔 실랑이를 해야 하지만, 그래도 타이르면 말을 들으니 그것도 다행이다. 어제는 복지관 선생님이 석이가 선생님을 잘 도와준다고 칭찬을 해주셨다. 할머니도 요즘 석이가 철이 난 것 같다고 말씀하신다.

이제 석이가 나에게 힘든 존재라고 생각되기 보다는 내가 석이에게 의지할 부분도 많이 있다고 느낀다. 참 감사한 일이다.

며칠 전 어떤 엄마가 전화를 했다. 그 집의 딸이 24세인데 지적장애 1급이다. 시설에 보내려고 신청을 했는데 막상 데리고 오라는 연락을 받고 보니 마음이 떨리고 아이를 버리는 것 같아 괴롭다고 한다.

이제 다 컸으니 떼어 보내는 것이 당연하지 않느냐고 말하기는 쉽지만 당해보지 않고는 모를 것이다. 어떤 엄마는 아이 보내고 처음에는 매일 울었는데 시간이 지나니 편하고 좋다고 한다는 얘기를 해줬다.

사실 중증 장애아들은 항상 보호자가 매달려 있어야 하기 때문에 가정에서 돌보는 것은 한계가 있다. 그러나 왜 엄마가 가슴 아파하고 울면서 보내야만 하는가? 집 가까운 곳에 시설도 좋고 사회복지사 선생님도 많아 아이들 잘 보살펴 주어 안심하고 보낼 수 있는 시설이 많이 있으면 좋겠다. 1박2일 캠프를 보낼 때처럼 웃으면서 보낼 수 있는 곳 말이다.

푸른집
이야기

방송 출연

KBS2 텔레비전의 〈사랑의 가족〉이라는 프로에 석이와 내가 출연하게 되어 3일 동안 우리 집과 석이가 다니는 교회, 도예촌, 학교, 전시관 등지에서 촬영이 있었다. 석이는 처음 보는 사람에게도 스스럼없이 대하는 성격이고 사람 만나는 것을 좋아한다. 석이는 촬영지마다 일일이 따라다니는 PD를 무척 좋아했다. 석이를 대상으로 촬영하는 것이 힘든 작업인데도 불구하고 PD는 석이를 잘 이해해주고 석이가 촬영 작업에 잘 적응하도록 유도하여 무사히 촬영을 마칠 수 있었다.

PD는 촬영을 마치고 돌아가기 전에 석이에게 카메라를 만져보게 하고 석이와 함께 사진도 찍었다. 석이는 신기한 듯 카메라를 보며 좋아했다. 드디어 이별의 시간. 석이는 헤어짐의 포옹을 알지도 못한 채 그저 좋아하기만 한다. 방송국 사람들은 석이에게 잘 있으라고 등을 두드려 주고는 3일 동안의 힘든 일정을 마치고 서울로 밤길을 떠났다.

다음날 아침, 석이는 눈을 뜨자마자 사흘 동안 아침마다 일찍 왔던 PD가 또 오는 줄 알고 대문을 바라보고 서있다. 이제 그 사람들은 오지 않는다고 해도 이해하지 못하고 창문에 서서 움직이지 않고 대문만 쳐다보고 있다.

석이는 사람을 좋아하고 정이 많은 아이이다. 석이도 좋아하는 사람을 기다리고, 또 보고 싶어 한다. 이것이 내가 석이를 떼어놓지 못하는 이유 중의 하나이다.

'디트 뉴스 24'라는 인터넷 방송에서 인터뷰 요청이 들어왔다. 주로 장애아를 기르며 살아온 나의 삶에 대해 이야기를 나누었다.

"일생생활을 스스로 하지 못해 옷을 입히거나 양치질 등을 다

해주어야 하지만, 아들이 옆에 있어야 마음이 편하고 행복하게 웃을 수 있다. 그것은 아들의 순수하고 천진한 어린아이 같은 미소가 나를 정화시키고, 아름답게 사는 삶이 어떤 것인가를 알게 해주어서인 것 같다."

인터뷰 끝에 사회자가 나에게 물었다.

"만약에 처음으로 돌아가도 아드님을 선택하시겠습니까?"

갑작스런 질문에 순간 당황했으나 머뭇거리지 않고 대답했다.

"선택하겠습니다. 물론 지나온 과거는 힘들었습니다. 그러나 데리고 길러봤더니 어떤 삶보다 값진 삶이라고 생각하기 때문입니다."

시들시들 죽어가던 꽃 한 포기가 다시 살아날 때, 빌빌거리는 병아리를 따뜻한 방에 데리고 와 물 먹이고 보살펴서 살아날 때 어떤 드라마나 영화가 이보다 더 기쁠까? 대책 없이 힘들기만 했던 석이가 저 정도로 좋아졌는데 이렇게 값진 일이 또 있을까? 내가 그 질문에 쉽게 대답한 이유이다.

푸른집
이야기

도자기에 빠지다

푸른집
이야기

도예 입문

전에 나와 함께 근무했던 40대 노처녀 선생님은 늘 자기에게서 노처녀 히스테리가 나타나지 않을까 염려하였다. 그래서 그분은 주위 사람들에게 자기에게 그런 모습이 보이면 꼭 충고해달라고 부탁하곤 했다. 나도 혼자 오래 살아왔기 때문에 외골수가 되고 고집이 세어진 것이 아닐까 염려된다.

산다는 것 자체가 갈등의 과정이고 투쟁의 나날이란 생각이 든다. 아무 일 없이 고요하기만 하다면 그때는 이미 죽은 후겠지. 앞으로 살아갈 많은 날들도 매일매일 싸우고 긴장하고 타협하고 그렇게 살아가게 될 것이다.

밤에는 아이 돌보고, 아침 일찍 출근해서는 학교 일 하고, 하루가 48시간이었으면 좋겠다며 노래를 부를 만큼 바쁘게 살아왔다. 그런 쳇바퀴 같은 일상 속에서 몸도 마음도 많이 지쳐갔다. 늘 원하는 것은 쉼, 여유, 위안, 안식, 휴식, 평안 그런 것들이었다.

요즘 그나마 재미를 느끼고 있는 것은 도예를 배우는 일이다.

학교에 도예선생님을 모셔다가 다른 선생님들과 함께 배우고 있는데, 부드럽고 촉촉한 점토를 주무르면서 조급증에서 왔던 긴장감이 해소되고, 마음이 편안해짐을 느껴졌다. 도예는 나이 들어 취미활동으로도 좋을 것 같다.

아침부터 비가 부슬부슬 내린다. 요즘은 수업이 없고 특별히 공문 처리할 것도 없으면 도예실에 자주 간다. 흙 만지는 것이 재미있어 도예수업을 맡은 것을 참 잘 했다는 생각이 든다. 시간이 나는 대로 열심히 해 보아야겠다.

평가와 IEP 작성을 부지런히 했는데도 아직 생활기록부 정리 등 여러 가지 일이 남아 있다. 벌써부터 겨울방학이 기대된다. 이번 방학 동안에는 도예를 본격적으로 배워 도자기기능사 자격증까지 도전해 볼 생각이다.

내 적성과 취미에 너무 잘 맞는 것 같아 장차 그럴듯한 여자 도공이 한 사람 탄생하는 것이 아닌가 하는 기분이 든다. 어지러운 세상 잊고 흙이나 만지면서 사는 것도 멋진 삶이 될 것 같다.

도예학원에 다닌 지도 1년이 넘었다. 함께 배우는 다른 분들은 오래 하신 분들이라 나보다 실력이 높았다. 그분들은 내년에 도자기기능사 자격증 시험에 응시한다고 한다. 학원에 나온 지 얼마 안 되었지만 나도 같이 도전해보기로 했다.

도자기기능사 자격증은 국가기술자격증으로 대한상공회의소에서 주관하고 있다. 먼저 이론시험에서 합격을 해야 하고, 그 다음에 실기시험을 보아야 한다.

나는 전문적으로 도예를 공부하지 않았기 때문에 이론시험에서부터 만만하지가 않았다. 흙 성분이나 유약 성분을 화학식으로 알아야 하고, 가마사용법 등 어려운 내용들이 많아 첫 해에는 떨어졌다. 당시는 이론시험이 1년에 한 번밖에 없었기 때문에 다시 1년을 더 공부하여 다음 해에 겨우 합격했다.

이어서 실기시험 준비를 했다. 실기시험일이 추석 연휴 다음날이었기 때문에 연휴를 반납하고 아침부터 저녁까지 학교에서 실기 연습을 하였다. 추석날에는 어머니와 동생들이 아버지 산소에 들렀다가 학교로 와서는 나를 격려해 주었다.

실기시험은 이틀 동안 치르는데, 시험장이 서울이어서 서울에 가서 숙박을 하고 시험을 치렀다. 연습을 많이 했어도 그 자리에서 도자기 도면을 받아 제한시간 내에 만들어 내는 것이라서 긴장도 많이 되었다. 서울까지 와서 떨어지면 어쩌나 싶어 최선을 다하였다.

며칠 후 ARS 전화로 합격 통지를 받았다. 그래도 불안하여 인터넷으로 확인하니, 내 이름과 함께 '합격을 축하합니다' 라는 화면이 떴다. 너무 기뻐 그 화면을 저장하고 인쇄까지 했다.

이론시험에 이어 실기시험까지 드디어 해냈다. 지난 여름 동안

땀방울 섞어 흙을 반죽하고, 손목 팔목 아프도록 연습했다. 침도 맞고, 파스 붙이고, 또 연습하고 하여 드디어 도자기기능사 자격증을 손에 쥐게 된 것이다.

시간을 쪼개고 쪼개 도자기 공방에 다니며 연습했다. 정말 시간과의 싸움이었다. 거친 비바람의 아슬아슬한 삶이었지만 올 가을 손에 쥔 작은 열매는 너무나 탐스럽고 아름답다. 지금은 그 열매를 애지중지하며 쉬고 있다. 그러나 곧 또 다른 도전에 나설 것이다.

계룡산 도예촌

대전에서 다니던 도예학원 선생님이 둘째아이를 낳고 쉬게 되어 계룡산 상신리에 있는 도예촌에 가서 도자기를 배우게 되었다. 상신리 도예촌은 도예가들이 공동체를 이루어 철화분청사기의 명맥을 이어 가고자 작업하고 있는 곳이다.

나는 정광호 · 양미숙 부부 선생님이 운영하는 '웅진요'에서 도자기를 배웠다. 서로 스타일이 다른 두 분에게서 도예를 배우게 되니, 두 가지 기법을 한 번에 배우는 혜택을 누린 셈이다. 토요일이면 어김없이 계룡산 상신리로 달려갔다. 산을 올라 갈 때의 마음은 설레었고, 산을 내려올 때의 마음은 행복하였다.

나는 전기 물레로 기능사 자격을 얻었으므로 전기 물레를 사용할 줄 안다. 그러나 가능하면 도구를 사용하지 않고 맨손으로 흙이 갖는 자연스런 성질을 그대로 살려 도자기 만드는 것을 좋아한다.

어느 때는 너무 열중하여서 나도 모르게 침이 주르르 흘러내려 깜짝 놀란 일도 여러 번 있었다. 흙가래를 만들어서 한 가래 한 가래

올려 쌓다 보면 집안일도, 석이도 다 잊어버린다.

이렇듯 도자기는 나에게 쉼과 위안을 주었다. 그러니 투박하면서도 자유로운 문양의 계룡산 분청사기의 매력에 점점 빠져 들어갈 수밖에 없다.

하루는 선생님이 나를 보고는 흙을 닮았다고 한다. 흙과 내가 잘 맞는다는 말씀인 것 같다. 사람은 누구나 흙에서 와서 흙으로 돌아가는데, 내가 흙을 닮았다는 것은 곧 자연을 닮았다는 이야기리라. 곧 원초적인 것에 가까이 있다는 말인 것 같아 기분 좋게 느껴졌다.

흙을 만지고 있는데 전화가 오면 흙 묻은 손으로 덥석 전화기를 쥐기도 한다. 흙을 만지고 있는데 누가 먹을 것을 주면 손 씻을 겨를도 없이 그냥 받아먹기도 한다. 흙이 더럽다는 생각을 한 적이 없다. 어렸을 때는 흙장난하다가 흙을 조금 먹어 본 기억도 있다.

사람은 흙에서 나왔고, 흙에서 나는 것을 먹고 살고 있으니, 흙과 사람은 본질에서 같은 것이다. 흙으로 만든 것을 그냥 두면 바로 부서진다. 그러나 그것이 높은 온도의 불 속에 들어갔다 나오면 단단하고 윤기 나는 도자기로 바뀐다. 사람이 고통과 시련을 통해 강하고 윤기 나는 인생으로 바뀌는 것과 마찬가지이다.

푸른집
이야기

석이의 흙 놀이

내가 집에서 도자기 작업을 할 때면 석이도 옆에 와서 같이 하고 싶어 한다. 흙 한 덩어리 던져주면 손바닥으로 쳐서 찰싹찰싹 소리를 내 보기도 하고, 지렁이처럼 길게 만들어놓고 뱀이라하기도 한다.

석이도 흙을 좋아해서 몇 시간이고 일어날 생각을 하지 않고 잘 가지고 논다. 주위를 온통 어질러 놓아 청소하기가 어렵지만 몇 시간 신나게 논 것만 해도 다행이다.

요즘은 흙을 조금씩 떼어 포도 알처럼 둥글고 예쁘게 뭉친다. 나는 석이가 만든 포도 알을 그냥 버리기 아까워 석이와 함께 길게 연결해 붙여 화분을 만들었다. 거의 내가 만들었지만, 석이가 좀 거든 것만으로도 뿌듯하다.

또 석이는 나와 오랫동안 흙을 만지고 놀아서 그런지 도자기가 여기저기 널려 있어도 함부로 손을 대지 않는다. 엄마가 만든 것이라며 좋아하고, 그것이 소중한 물건인 줄도 알고 있다.

도자기 흙에서는 아무 냄새도 없다.
밑바닥부터 한 칸 한 칸 쌓아 올려
높이가 얼굴만큼 높아지고
속이 깊어지면
안을 들여다 보다
마르지 않은 흙에 코가 닿을 때
언젠가 맡아본 그 냄새가 난다.
물비린내 비슷한 냄새.
졸졸 냇물 흐르는 소리도 난다.
갯가의 보드라운 까만 조대 흙 퍼 올려
조물거리며 소꿉놀이 그릇 만들던
아련한 기억이 떠오른다.

푸른집
이야기

첫 번째 개인전
물 담은 하늘

도자기를 배운 지 14년이나 되니 집에는 내가 만든 도자기가 여기저기 쌓여, 방에도 다락에도 거실에도 도자기가 넘쳐났다. 그러자 선생님이 작품이 꽤 되니 개인전 한번 열어보는 것이 어떻겠냐고 한다. 취미로 시작했지만, 10년 넘게 이룬 것을 선보이고 싶은 생각도 들어 개인전을 준비하게 되었다.

개인전을 앞두고 어느 작명가에게 호를 지어달라고 부탁했다. 내 이름을 풀이하면 물이 부족하니 호를 다해(多海)로 하면 어떻겠냐고 한다. 나도 언제부터인가 물만 보면 마음이 편해져서 좋았다. 그래서 나도 모르게 물을 좋아하게 되었나 싶어 호를 '다해'라고 하기로 했다.

작업대에 앉아 도자기를 만들기 시작하면 '오늘은 다른 것을 만들어 보자' 하고 생각했는데, 만들다보면 언제나 나도 모르게 물을 담는 큰 그릇을 만들고 있었다. 항상 바쁘게 살면서 스트레스에

시달리다보니 물 담는 그릇에 대한 끌림이 있었던 것 같다.

도자기로 만든 작은 연못에 물을 담아 놓았더니 파란 하늘이 물에 비치어 도자기 속에 하늘이 담겨 있는 것 같았다. 거기서 영감이 떠올라 첫 번째 개인전의 주제를 '물 담은 하늘'로 정하고, 분청도자기 작품 50여 점을 출품작으로 준비했다.

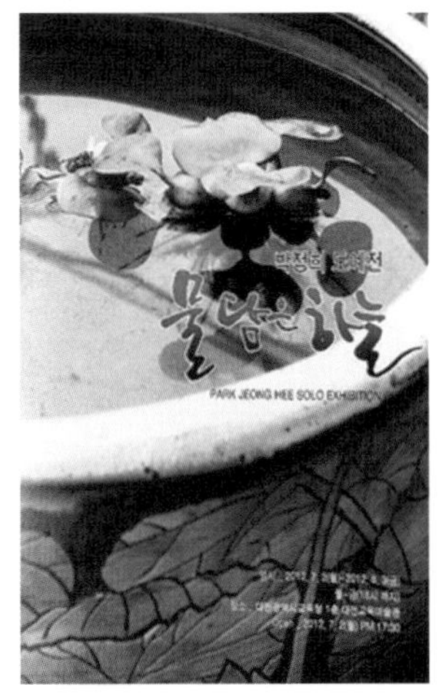

푸른집
이야기

작은 연못

지난 여름에 만들었던 항아리를 어제서야 찾아왔다. 너무 크게 만들어서 깨지지 않을까 걱정했는데, 다행히 깨지지도 않고 생각보다 색깔도 잘 나와서 기쁘다. 작품 하나 건졌다는 생각이 들었다. 다른 항아리에 있었던 금붕어를 옮겨놓으니 작은 연못이 되었다. 금붕어들도 더 넓어 좋은지 활기차게 움직인다.

거기에 갯가에서 가져온 물풀 뿌리 하나 담가두니 새 잎이 나면서 잘 자란다. 틈만 나면 작은 연못 속에서 노는 금붕어를 들여다보고 있다. 나나 금붕어 모두 평화롭게 보인다. 늘 쫓기며 스트레스 속에서 살아갈 수밖에 없는 나날. 도자기 하나에서 안온한 평화를 맛볼 수 있으니 큰 수확이다.

고양이가 목이 마른지 항아리에 붙어 서서 물을 먹고 있다. 처음에는 금붕어를 노리는 줄 알고 고양이를 쫓아내곤 했는데, 고양이는 금붕어에게는 관심이 없고 물만 먹는다. 이제 작은 연못은 고양이의 물그릇도 되었다.

어항 2009

푸른집 이야기

흔 적

어느 날 전이 안으로 꺾여 진 그릇을 하나 만들었다. 바깥쪽으로는 손잡이도 달았다. 화장토를 바른 후에 어떤 문양을 넣을까 궁리하다가 못으로 이리저리 상처를 내듯이 표면을 긁었다.

마음에는 들지 않았지만, 나도 모르게 내 마음속의 상처를 표현하지 않았나 하는 생각이 들었다. 그러나 잘 말려서 유약을 발라 구워보니 그 상처들이 멋있는 빗살무늬처럼 보인다.

내 마음의 상처도 시간이 지나면 아름다운 무늬가 될 수 있을까? 상처는 아물어도 흔적은 남는다고 하는데, 상처의 흔적이라도 내 인생에 아름다운 무늬가 되었으면 좋겠다.

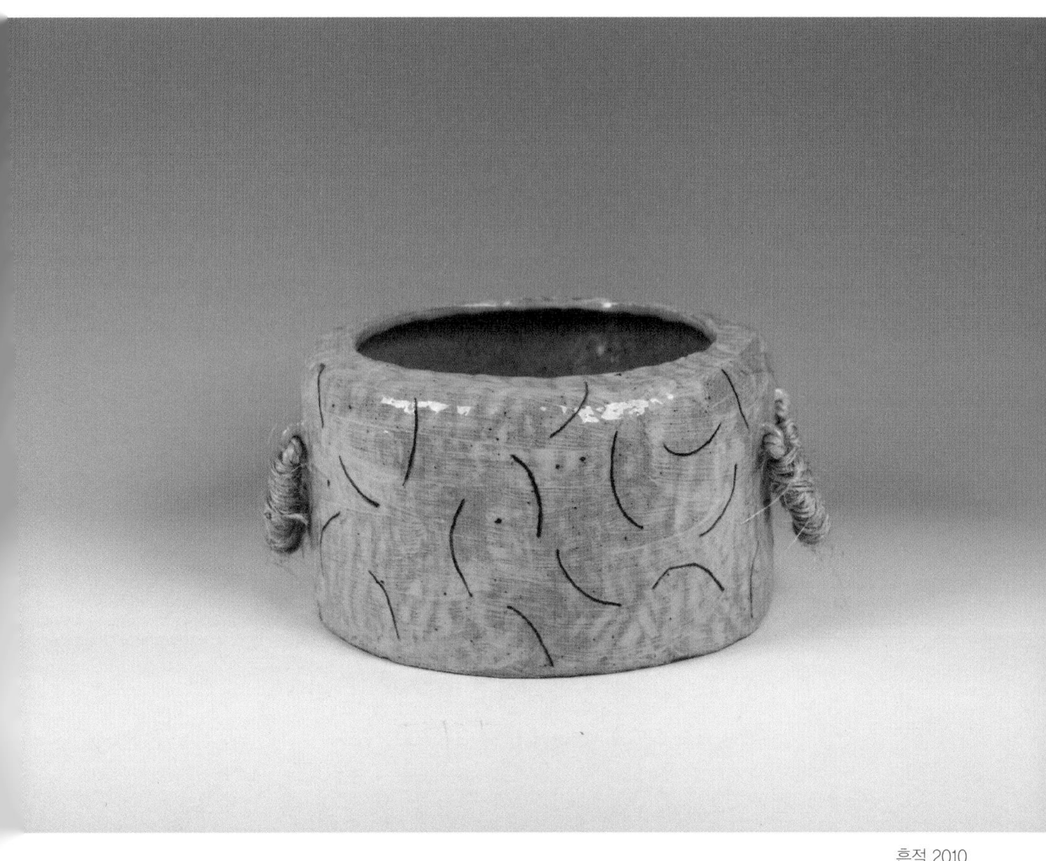

흔적 2010

푸른집
이야기

풍요

가을에는 학교의 축제 등 바쁜 일이 많다. 간신히 틈을 내어 몇 주 만에 도예촌에 갔는데 그날따라 의욕이 넘쳤다.

처음에는 연지(발)를 만들려고 생각했다. 그러나 그동안 연지는 많이 만들었으니 다른 것을 만들어 보라는 선생님의 조언에 따라 항아리를 만들게 되었다.

오전에 항아리의 절반을 쌓았고, 그대로 계속 쌓으면 무너질 수가 있어 두 시간 정도 건조시켰다가 오후에 완성하였다. 완성까지는 6시간이나 걸렸고, 깜깜한 밤이 되었다. 완성된 항아리는 내 허리보다도 훨씬 올라가는 높이였다. 큼직하고 당당한 항아리였다.

이렇게 큰 작품을 하루 만에 만든다는 것은 쉬운 일이 아니다. 그런데 그걸 하루에 끝내고나니 무척 뿌듯하다. 다음 주에는 화장토 바르고 박지 문양을 넣어 장식을 해야겠다. 큰 작품일수록 비닐을 덮어 오래오래 말려야 하니 내년에나 완성된 작품을 볼 수 있을 것 같다.

풍요 2010

푸른집
이야기

봄

빨리 봄이 왔으면 하고 기다려지던 날
달항아리를 하나 만들어
화장토 바르고
손가락으로 쓱쓱 매화 그림 그렸지.
매화꽃은 봄이 왔음을 알리는 전령사
그래서 작품 이름을 '봄'이라 붙였지.
손가락으로 그린 그림이라 정교하진 않지만
자연스런 터치가 마음에 드네.
분청사기 매화문항아리는
소박하고 은은하게 빛나면서
봄을 기다리는
내 마음을 잘 표현해주네.

봄 2010

푸른집
이야기

정원

정원에 나가면 예쁜 꽃들이 피어 있고
그 위 호랑나비 날개 접고 쉬고 있다.
도란도란 작은 꽃들의 이야기도 있으리라.
정원 잔디밭 도자기 의자에 앉아
따사로운 햇볕 쬐며 쉬고 싶은 마음에
도자기로 의자를 만들었다.

자연과 잘 어울리도록 손자국 그대로 살리고
앉는 곳은 녹색유약을 발라
옆면의 흙 색깔이 자연스럽게 나타나도록 했다.
소박하면서도 꾸밈이 없는 것이
내 마음에 쏙 든다.
잔디밭에 놓고 앉아보니
속세에서 벗어나 시간의 흐름이 없는
구름 저편 나라에 온 듯 편안하다.

대화 2012

미완(未完) 2009

푸른집
이야기

달항아리

언제나 작품을 완성하고 나면 항상 부족하고 또 미련이 남아 이번에도 연습이었네 하는 생각이 든다. 그러나 실패도 인생. 인생에 연습이 없듯이 작품에도 연습은 없다.

우리 조상들은 아득히 멀리 있는 달을 항아리로 빚어 곁에 두고 싶었나보다. 문양도 장식도 없지만 넉넉한 그 모습, 꾸밈이 없지만 단아한 그 모습이 아름다워 나도 달항아리 하나 만들고 싶었다.

코올링 작업으로 가로세로 비율 1대 1의 달항아리를 만드는 것은 쉬운 일이 아니다. 그러나 둥근 달을 생각하면서 정성을 기울였더니 제법 마음에 드는 달항아리가 하나 나왔다.

달 2012

나는 항상 가슴 한구석이 비어 있는 듯, 뭔가 부족한 그런 마음이었다. 그런데 달항아리 하나 만들고 보니 마치 둥근 보름달이 마음에 들어와 부족함 없이 꽉 차있는 그런 기분이다.

한 해를 보내며

어머니가 보내준 콩비지가 있어서 비지 부침개를 만들어보려고 했는데, 한 쪽이 익어 뒤집으려니 자꾸 찢어져서 모양이 엉망으로 되어버렸다. 그래도 내가 만든 것이니 나도 먹고 석이도 먹고 닭도 먹었다.

오늘은 2012년의 마지막 날이다. 석이는 텔레비전 만화를 보고 있고, 나는 컴퓨터 앞에 앉아 있다. 어릴 때 같았으면 빨리 어른이 되고 싶어 나이 한살 더 먹는 것을 좋아했는데 지금은 당연히 그렇지 않다. 나이 먹는 것은 늙는다는 것이고, 늙는다는 것은 은퇴와 죽음이 가까워 온다는 것이다.

새해를 시작하면서 그 1년을 나는 항상 감사하며 살기로 마음먹는다. 올해도 감사한 한 해이다. 첫 도에 개인전을 열었고, 그 덕분에 TV에도 출연했다. 2012년이라는 인생의 한 지점이 무의미하게 끝나지 않았으니 나의 인생도 아름다웠다 말할 수 있으리라.

돌아보면 내 자신의 가슴은 사랑으로 채우지 못하였어도, 언제 어디서 누구에게나 사랑을 줄 수 있는 가슴으로 남고 싶다.

도자기 개인전이 열렸을 때 취재 나온 방송국의 PD가 앞으로의 계획에 대해 말해 달라며 마이크를 들이댔다.

"앞으로는 장애인과 그 가족들에게 도자기를 가르치고 싶습니다. 그렇게 해서 장애인 가족들이 함께하는 도자기 전시회를 열고 싶습니다."

단언하듯이 그렇게 말은 했지만 아무 계획도, 준비도 없는 상태에서 그 생각이 언제 이루어질지는 모를 일이었다. 그런데 그 다음 해부터 한국자폐인사랑협회 대전지부와 인연을 맺게 되어 자폐인과 그 가족들에게 도예를 가르치게 되었다.

그렇게 온가족이 함께 오순도순 도자기를 만들다보니 가족 간의 화합도 자연 이루어지고, 1년 동안 열심히 만든 작품들로 가을에 전시회를 열어 큰 보람이 있었다. 장애인 가족의 도자기 프로그램은 매우 의미가 있는 일이어서 앞으로도 그 일만은 계속 하려고 한다.

말이 씨가 되고, 뜻이 있으면 길이 있다고 하는 옛말이 빈말이 아님을 실감했다.

푸른집
이야기

도자디자인학과 대학원

개인전이 끝나고 도예촌에 들렀는데 선생님이 도예과 대학원에 진학하여 도자기를 좀 더 폭넓게 배워보면 어떻겠냐고 권유했다. 개인전도 열었으니 이제 작가로서의 안목을 키우라는 말씀인 것 같아 곰곰이 생각해 보았다.

내 나이 이제 육십이다. 이미 석사학위도 두 개나 취득했다. '도자기는 그냥 취미로 하면 되지' 하고 망설였다. 한편에서는 기왕이면 대학원에 진학해서 지금까지의 작업과는 다른 도자기를 접해 보고 싶은 생각도 들었다.

한동안 고민하다가 마침 목원대학교 대학원에 야간과정이 있어서 바로 지원을 했다. 면접에서 그동안 작업했던 작품 사진을 제시했다. 작품성을 어느 정도 평가해 주었는지 다행히 면접에서 통과되어 대학원에 입학하게 되었다.

나이 육십에 풋풋하고 발랄한 대학생들을 가까이에서 만날 수 있는 것만으로도 즐거웠고, 그들 속에서 나도 학생이 되어 강의실에서 공부를 한다는 것은 상상했던 것 이상으로 재미가 있었다.

나보다 나이 어린 교수님이었지만, 그분에게서 지금까지 내가 알지 못했던 도자기 이론이나 도자기 제조기법을 배우게 되니 너무도 즐겁고 가슴 벅찼다.

바쁜 시간을 쪼개 수업을 들어야 하고, 숙제도 해야 하고, 시험도 치러야 해서 시간과 노력이 많이 들었지만, 도예과 대학원 입학은 그동안 내가 한 일 중에서도 몇 손가락 안에 들 만큼 잘한 결정이라는 생각이 든다.

대학원 2년이 언제 지나갔는지도 모를 정도로 그 시간이 즐거웠고 감사하는 마음으로 학교에 다녔다.

푸른집
이야기

두 번째 개인전
선인장

대학원을 졸업하기 위해서는 졸업전시회를 해야 한다. 대학원 입학 때부터 개인전 주제를 무엇으로 할까 계속 고민해 보았다.

대학원에 들어와서 전에는 접해보지 못했던 환경도자를 배우게 되었다. 환경도자란 사용 가능한 그릇을 만드는 것이 아니라, 건물의 조형물이나 벽화처럼 인간을 위한 환경을 연결하는 도자물들을 말한다.

환경도자를 배우는 동안 그 분야가 내가 그동안 해왔던 작업 스타일과 잘 맞았고 재미도 있음을 확인했다. 그래서 졸업전시회 주제를 환경도자로 정하기로 마음을 굳혔다.

그리고 환경도자 중에서도 무엇을 하면 좋을까 연구하다가 문득 선인장을 만들어보면 좋겠다는 생각이 들었다. 선인장은 어느 가정집이나 사무실에도 한 두 개 정도는 있는 식물이다. 선인장을 도자기로 만들면 가정집, 사무실 모두 잘 어울리는 환경도자가 될 것 같았다.

우선 선행 작업으로 식물원과 화원에 자주 들러 여러 가지 선인장을 관찰하고, 사진을 찍어오고, 사다가 키우면서 구상을 했다. 몇 년 전 근무했던 학교 가까이에 식물원이 있어서 자주 가곤 했는데, 식물원은 여러 번 가 보아도 지루하지 않고 늘 새로웠다.

그 식물원에는 야생화, 수생식물, 관엽식물 등 갖가지 식물들이 엄청나게 있었지만, 선인장이 자라고 있는 2층 온실이 제일 마음에 들었다.

2층에 들어서면 열기가 후끈 전해지면서 마치 사막에라도 온 것 같았다. 둥근 선인장, 길쭉길쭉한 선인장, 왕관처럼 생긴 선인장 등 수많은 선인장이 있었지만, 가장 눈에 띄는 것은 천장을 뚫을 듯이 당당하게 우뚝 솟은 선인장이다.

선인장 중에는 몇 백 년을 사는 것도 있다고 한다. 거대한 모습으로 자란 그 선인장도 처음에는 작고 초라한 모습이었을 것이다. 그런데 오랜 세월 뜨거운 태양을 견디면서 참아 낸 후에 저렇게 거대한 몸집이 되었을 것이다.

새로운 분야를 개척하느라 어려움도 많았지만, 2015년 11월의 두 번째 개인전을 무사히 열 수 있었다. 두 번째 개인전에서는 선인장을 모티프로 한 작품 40여 점을 전시했다.

내가 선인장을 작품의 모티프로 삼으려 한 데는 선인장에 대한 나의 기억 때문이다. 언젠가 선인장 화분 갈이를 하다가 가시에 찔린 적이 있는데 너무 아파서 한동안 그 선인장 옆에도 가기 싫었다.

접근금지 2015

그러나 선인장 입장에서 가시는 물이 없는 뜨거운 사막에서 살아남기 위해 잎이 퇴화하여 된 것이다. 곧 선인장의 가시는 사람을 찌르기 위한 것이 아니라, 고통이 승화된 삶의 희망이다. 그래서 선인장 가시를 밤하늘의 별로 표현해 보았다.

밤하늘 2015

푸른집
이야기

희 망

청산 2015

겨울 동안 식물들을 집안에 들여 놓았다가
봄이 되어 다시 밖에 내놓았다.
모두 내 놓았는가 했는데 선반 한 쪽 구석에
조그만 선인장 화분 하나가 숨어 있다.
잘 보이지 않아 몇 달 동안 물을 주지 못해

동그란 선인장이 주글주글 말라 있다.
아직 초록색 기운이 남아 있는 것 같아
물을 주고 햇볕 잘 드는 곳에 두었다.
한참 지나서 보니
다시 통통하게 물이 올라 살아나고 있다.
시들시들 죽어가던 것이
다시 살아나는 모습을 보는 것은
언제나 즐겁고 행복한 일이다.

다른 식물들은
하루하루 쑥쑥 자라는 재미가 있는데
선인장은 늘 그대로인 것 같다.
늘 그대로인 것처럼 보였던 그 선인장
10여 년이 지난 어느 날
튼튼하고 우람한 모습으로 바뀌어 있다.
미운 오리새끼가 자라서 백조가 된 것처럼
다른 어느 식물에서도 비할 수 없는
근엄한 모습의 선인장으로 자라 있다.
선인장은 대기만성형인가보다.

삶이 힘들 때, 인생은 단거리 달리기가 아니라 장거리 마라톤이라 생각하고 참고 기다려 왔다. 나는 그 길의 끝에 어떤 모습으로 서 있는가.

푸른집
이야기

노부부

쉽게 만나 쉽게 헤어지는 요즘 세상
때로는 아웅다웅 다투기도 했겠지만
친구처럼 긴 세월 함께 살아
이제는 모습까지 서로 닮아 있는
황혼의 노부부
그 모습 숭고하고 아름답다.

노부부 2015